AF464491

LES GALANTERIES DV DVC D'OSSONNE VICE-ROY DE NAPLES.

Comedie de MAIRET.

A PARIS,
Chez PIERRE ROCOLET, Imp. & Libraire ordinaire du Roy, au Palais, en la gallerie des Prisonniers, aux Armes de la Ville.

M. DC. XXXVI.

Auec Priuilege du Roy.

A TRES-DOCTE
ET TRES-INGENIEVX
ANTHOINE BRVN,
PROCVREVR GENERAL
au Parlement de Dole.

EPISTRE DEDICATOIRE,
Comique & Familiere.

ONSIEVR MON TRES-CHER AMY,

Ie ne trouue aiourd'huy personne dedans ny dehors ce Royaume de qui le nom, plus iustement que le vostre puisse estre mis à la teste de cét Ouurage; Car outre que vous estes vn des plus grands ornemens de vostre Païs, & du mien, & que les meilleurs Esprits de France, dont vous auez autrefois augmenté le nombre, font vne estime tres-particuliere de vostre merite & de vostre amitié, c'est qu'auec la Iustice d'vn si beau choix, ie fais encore vn acte de gratitude & de reconnoissance. Peut-estre ne sça-

ã

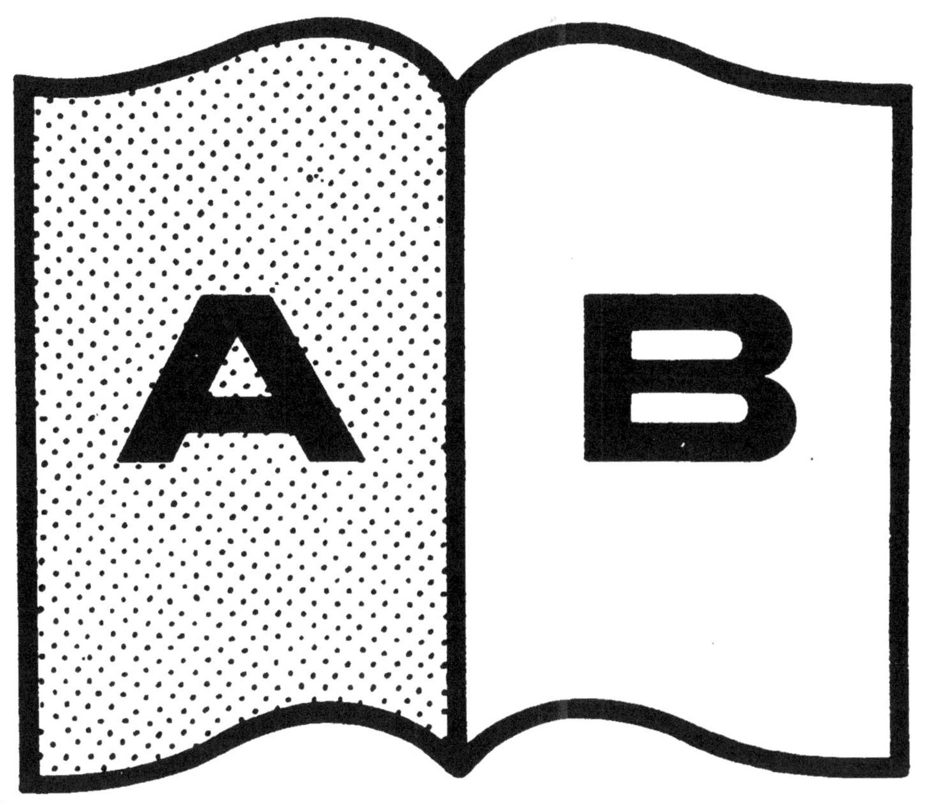

Contraste insuffisant

NF Z 43-120-14

uez-vous pas que ce peu de bruit que ma donné ma plume est vn effect de la genereuse emulation, dont celuy de la vostre esueilla mon esprit qui dormoit encor alors dans la poussiere, & l'obscurité des Escholes: De sorte que s'il est permis de comparer les petites choses aux grandes, les Lauriers dont vostre Muse vous auoit couronné le front, firent en mon cœur le mesme effect, & la mesme impetuosité que ceux de Miltiades firent en celuy de Themistocles, & ie puis dire auec le Poëte Verin:

Quæ didici reddo carmina Fusce tibi.

Enfin ce fut l'audacieux desir de porter mes pas sur les vostres qui me persuada de changer, comme ie fis, à l'âge de seize ans l'air de Besançon à celuy de Paris, où presque en arriuant, ie rencontray par vne heureuse temerité la protection & la bien-veillance du plus Grand, dû plus Magnifique, & du plus Glorieux de tous les hommes de sa condition que la France ait iamais porté, si nous ostons les trois derniers mois de sa vie, auec laquelle toutes mes esperances ont fait vn dernier naufrage. Ie sçay bien, MON TRES-CHER AMY, que vous ne vous offencerez pas de ma franchise, si ie dis que c'est à son deffaut que ie vous adresse ces Galanteries du Duc d'Ossonne, puis qu'il est vray que s'il estoit encore au monde, ce seroit luy qui les receuroit comme le veritable Original de celles de nostre Court, dont il fut si long-temps la plus esclatante lumiere. Ce fut cét illustre & deplorable Heros

Æneid. l. 5.

—quem semper amatum
Semper honoratum sic Dî voluistis habebo.

De qui ma Muse encor au berceau receut plus d'assistance & de bienfaits dans la foiblesse de son enfançe, qu'elle n'en ose esperer desormais de tous les autres dans la vigueur de son adolescence. I'ay commencé de si bonne heure à faire parler de moy, qu'à ma vingt-sixiesme année ie me trouue auiourd'huy le plus ancien de tous nos Poëtes Dramatiques. Ie composay ma Criseide à seize ans au sortir de Philosophie, & c'est de celle-là & de Siluie, qui la suiuit vn an apres, que ie dirois volontiers à tout le monde. *Delicta iuuentutis meæ ne reminiscaris.* Ie fis la Siluanire à vingt & vn. Le Duc d'Ossonne à 23. Virginie à 24. Sophonisbe à 25. Marc-Anthoine & Soliman à 26. De sorte qu'il est tres-vray que si mes premiers ouurages ne furent gueres bons, au moins ne peut-on nier qu'ils n'ayent esté l'heureuse semence de beaucoup d'autres meilleurs, produits par les fecondes plumes de Messieurs de Rotrou, de Scudery, Corneille, & du Ryer, que ie nomme icy suiuant l'ordre du temps qu'ils ont commencé d'escrire apres moy, & de quelques autres, dont la reputation ira quelque iour iusques à vous; particulierement de deux ieunes Autheurs des Tragedies de Cleopatre, & de Mitridate, de qui l'aprentissage est vn demy Chef-d'Oeuure, qui donne de merueilleuses esperances des belles choses qu'ils pourront faire à l'aduenir. C'est par nostre commun trauail que le Theatre n'a presque plus rien à desirer de cette premiere splendeur qu'il eust autrefois parmy les Grecs & les Romains, & que nous l'auons rendu le diuertissement du Prince, & de son principal Ministre, auec tant de gloire & de profit pour ses Acteurs, que les plus honnestes femmes frequentent maintenant l'Hostel de Bourgongne auec aussi peu de scrupule & de scandale, qu'elles feroient celuy de Luxembourg. Mais auec tout cela, Mon cher amy, ie puis vous afſeurer que le plus habile, où le plus heureux d'entre nous eſt encore à receuoir le premier bien-fait des liberalités de la Fortune; Ce qui me fait imaginer que le venerable Abbé de Tiron a recueilly luy tout ſeul les pretenſions & les recompenſes de tous les Poëtes ſes deuanciers, contemporains, & ſucceſſeurs. Il eſt vray qu'on nous fait au Louure des ſacrifices de loüanges & de fumées, comme ſi nous eſtions les Dieux de l'Antiquité les plus delicats, où nous aurions beſoin qu'on nous traitraſt plus groſſierement, & qu'on nous offriſt pluſtoſt de bonnes Hecatombes de Poiſſy, auec vne large effuſion de vin d'Arbois, de Beaune, & de Coindrieux. On nous amuſe encor d'vne certaine couronne imaginaire de Laurier, qui ne pourroit nous ſeruir, quand meſme elle ſeroit effectiue, qu'à l'aſſaiſonnement d'vne Carpe au court boüillon, & tout au plus qu'à la decoration d'vn Iambon de Mayence en vn feſtin; C'eſt en cette matiere, comme en toute autre, que noſtre Martial François le Preſident Maynard a rencontré ce me ſemble fort plaiſamment, quand il a dit aux Muſes, parlant du Poëte Croté de noſtre gros Amy ſaint Amant,

Traitez-le plus vilement,
Le Laurier n'eſt pas vne eſtoffe
Dont il veüille vn habillement.

Il eſt encor vray que Meſſieurs les Cordons bleus, & les Princes, nous font quelquefois l'honneur de nous donner place à leurs tables & dans leurs carroſſes, que meſme ils ſont aſſez obligeants pour nous ouurir leurs baluſtres, & leurs Cabinets de conuerſation: Mais, hors Monſeigneur le Duc de Longueuille, pas vn qui viue ne s'eſt encore aduiſé de nous faire ouuerture de ſes Cabinets d'Allemagne,

Celuy-là veritablement pour s'obliger la Muse d'vn homme d'esprit & de suffisance, a fait vne action de iustice & de liberalité, qui ne rendra pas moins son iugement recommendable par le digne choix qu'il a voulu faire de la personne qui la reçoit, qu'elle fera loüer sa munificence, tant par la nature extraordinaire du bien-fait, que par les genereuses circonstances qui l'accompagnent, cela s'apelle faire du bien de bonne grace, & traiter les Muses en Filles de Iupiter. Pour moy, qui ne cherchay iamais la fortune que par les belles voyes, ie suis d'auis qu'vn homme d'esprit fasse toutes choses belles pour meriter l'estime, & la faueur des puissances, mais ie ne puis souffrir qu'il en exige luy-mesme la recompense, puisque c'est en matiere d'amour seulement qu'vn honneste hõme a bonne grace de demander qu'on luy fasse du bien. Quand à moy qui connois parfaictement les inclinations de la plus-part, ie n'espere plus d'autre fruit de mes meilleurs ouurages que la satisfaction de les auoir faits, auec resolution de ne les adresser desormais qu'à mes Amis particuliers. Dieu m'a fait la grâce d'en treuuer vn, tel que ie le pouuois souhaiter, en la personne de Monsieur le Comte de Belin, Pere de celuy que vous auez pû voir à la Franche Comté, qui tout grand Seigneur qu'il est, & d'vne condition à me pouuoir commander en Maistre, adioute neantmoins aux biens qu'il me fait, celuy de la liberté qu'il m'a laissée. C'est dans sa maison qu'on prendroit pour la veritable Academie des beaux Esprits, n'estoit que l'on y fait trop bonne chere, que ie meine vne vie dont le repos n'est troublé que du souuenir d'vne Maistresse. Depuis Siluanire, que ie composay sous les ombrages de Chantilly, ie doy le reste de mes derniers ouurages au soin qu'il a pris de me solliciter de les faire. Voicy le premier que i'ay fait aupres de luy, dont ie ne doute point que ceux qui ne sçauent pas encor la bien-seance des stiles, ne treuuent les Vers moins forts que ceux de Virginie, ou de Sophonisbe, & qu'ils ne confondent le defaut de la bassesse auec la grace de la naïueté, mais c'est assez pour moy que vous n'ignorez pas la difference qu'il faut mettre necessairement entre le Coturne releué de Seneque, & l'Escarpin bas de Plaute, ou de Terence. C'est pour cette raison que Pline le ieune, ayãt deux maisons de plaisance, l'vne estoit sur vne coline, & l'autre dãs vne plaine; appelloit cette-cy la Comedie, & celle-là la Tragedie. Ie m'estẽdrois plus au long sur ce suiet, mais on diroit que ie veux instruire mon Maistre, ie finis donc apres vous auoir coniuré de faire bonne chere à mon Duc d'Ossonne. Ie sçay bien qu'il est Espagnol, qu'il sort tout fraichement du Louure, & qu'il parle assez bon François, mais enfin vous le pouuez receuoir sans vous broüiller auec l'vne ny l'autre Couronne; car outre qu'il ne vous va point treuuer en homme de guerre, il vous est permis d'vser des droits de la neutralité de vostre païs, Au reste ne vous estonnez pas du stile de mon Epistre, i'ay voulu le proportionner à celuy de l'ouurage qu'elle precede, & suiure en cecy les reigles de l'Architecture, qui veut que le portail soit de mesme ordre & de mesme symmetrie que la maison: Adieu. Ie suis,

MONSIEVR MON TRES CHER AMY.

Vostre tres-humble seruiteur
& inuiolable Amy, MAIRET.

De Paris, ce 4. iour
de Ianuier 1636.

EXTRAICT DV PRIVILEGE.

LE ROY par ses Lettres de Priuilege, dattées du cinquiesme Feurier, mil six cents trente-cinq, signées, par le Roy en son Conseil, LE COMTE, & seellées du grand seau de cire jaune, a permis au Sieur Mairet de faire imprimer, faire vendre & distribuer par tel Libraire ou autre que bon luy semblera, trois Liures de Theatre, intitulez, *La Sophonisbe*, *La Virginie*: &, *Le Duc d'Ossonne*. Faisant defences à tous Libraires, Imprimeurs, & autres de quelque qualité qu'ils soient, d'imprimer lesdits Liures, en vendre ny distribuer par tout le Royaume, pays & terres de son obeyssance, sans le consentement dudit sieur Mairet, ou ceux qui auront charge de luy, pendant le temps de neuf ans, à compter du iour qu'ils seront acheuez d'imprimer, sur peine aux contreuenans de confiscation des exemplaires, & de trois cents liures d'amende; A condition qu'il sera mis deux exemplaires de chacun desdits Liures en la Bibliotheque du Roy: & vn exemplaire de chacun en celle du Sr. Seguier Garde des Seaux, auant que de les exposer en vente, à peine de nullité du priuilege, comme il est amplement porté par l'original des presentes.

ET ledit MAIRET *a cedé & transporté le priuilege à luy donné à* PIERRE ROCOLET, *Marchand Libraire à Paris, pour en iouyr entierement, & pour le temps y porté, suiuant le Contract passé entre eux pardeuant les Notaires de Paris.*

Acheué d'imprimer le 7. Ianuier 1636.

Les deux exemplaires ont esté baillez en la bibliotheque du Roy.

LES ACTEVRS.

LE DVC D'OSSONNE, Amoureux d'Emilie.

ALMEDOR, ſon Confident.

CAMILLE, Fauory d'Emilie.

OCTAVE, Valet de Camille.

PAVLIN, Mary d'Emilie.

FABRICE, Valet de Paulin.

BASILE, Pere d'Emilie.

EMILIE.

FLAVIE, veſue, ſœur de Paulin, & amoureuſe du Duc.

STEPHANILLE, ſeruante de Flauie.

La Scene eſt à Naples.

LE DVC D'OSSONNE. COMEDIE DE MAIRET.

ACTE PREMIER.

SCENE PREMIERE.

ALMEDOR. LE DVC D'OSSONNE.

ALMEDOR.

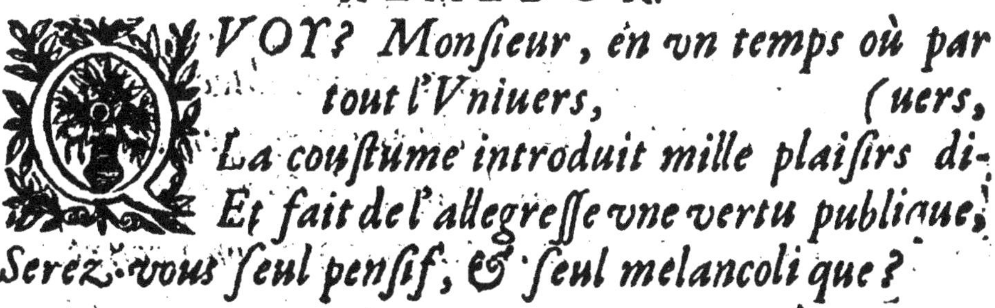

QVOY? Monsieur, en vn temps où par tout l'Vniuers,
La coustume introduit mille plaisirs diuers,
Et fait de l'allegresse vne vertu publique,
Serez-vous seul pensif, & seul melancolique?

Vous, qui iusques icy d'vn naturel plus gay,
Que n'est vn paysage au plus beau iour de May,
Portiez toute la Court à la resioüissance,
Par tant de gentillesse & de magnificence;
Que si ie ne craignois de parestre indiscret
A vouloir penetrer dedans vostre secret,
Ie dirois que l'Amour qui change toute chose,
A fait en vostre humeur ceste metamorphose.
En effect à vous voir l'esprit inquieté,
Plus qu'aucun autre esprit ne l'a iamais esté.
Et comme vos esbats, & vos galanteries
Ne sont plus aujourd'huy que tristes resueries;
Qui ne s'estonneroit d'vn si prompt changement?
Ou, qui n'en feroit pas le mesme iugement?

LE DVC.

Ie confesse, Almedor, qu'à mon regret extresme,
Ie suis visiblement dissemblable à moy-mesme.
Ces diuertissemens où i'ay veu tant d'appas,
Me touchent aussi peu, que si ie n'estois pas.
Mon ame de chagrin & d'ennuis accablée,
Ne souffre iamais tant que dans vne assemblée.
La lice me desplaist, où nos braues de Court,
Me semblent plus faquins que celuy qu'on y court.

I'e ne ſuis plus rauy de voir dans la carriere,
Diſputer vne bague, ou rompre à la barriere:
Bref tous vos jeux publics, tournois, bals, & balets,
Me ſemblent ieux d'enfants, & combats de valets.
Ie ſuis plus mal encor auec la Comedie,
Car en fin, Almedor, il faut que ie te die,
Qu'elle m'a ſuſcité le trouble où tu me vois,
Et dépraué le gouſt des plaiſirs que i'auois.

ALMEDOR.

Mais depuis quãd, Monſieur, & par quelle aduãture?

LE DVC.

Par vn Ange mortel, miracle de Nature;
Vn bel œil dont le doux & modeſte regard,
M'a lancé dans le cœur vn inuiſible dard.

ALMEDOR.

Fut-ce point à l'Aminte, ou bien à l'Andromire?

LE DVC.

C'eſt ce qu'à point nommé ie ne ſçaurois te dire:
Car tous les ſens rauis en ce diuin obiect,
Ie n'en gouſtay non plus les Vers que le ſuiet.

Cependant on acheue, & la piece finie,
Ma beauté se retire auec sa compagnie,
Et me laisse le cœur percé d'autant de traits,
Que mes yeux dans les siens remarquerent d'attraits,
Sans auoir pû depuis ny reuoir cette belle,
Ny luy montrer le feu que ie nourris pour elle.

ALMEDOR.

Et la cognoissez-vous?

LE DVC.

Ie la cognois fort bien.

ALMEDOR.

C'est encore vn moyen,

LE DVC.

Qui ne me sert de rien:
Car sans parler icy de la fille d'Acryse,
C'est qu'on ne garde point le thresor de Venise
Auecque tant de soin & tant de loyauté,
Comme on fait ce thresor de grace & de beauté.
Tous ces empeschemens dont ma flame est suiuie,
Me retranchant l'espoir, me font croistre l'enuie.

De l'humeur qu'Almedor me doit auoir connu,
Depuis trois ans qu'il voit mes ſentimens à nu,
Il peut s'imaginer que cette amour naiſſante
N'eſt pas ſur mon eſprit encore aſſez puiſſante,
Pour me rendre inquiet ou m'oſter mes plaiſirs,
Et que le ſeul obſtacle irrite mes deſirs.
Sans luy, ma paßion ſeroit aſſez paiſible:
Mais i'enrage d'aymer vn obiect inuiſible,
Et qu'vn meſme poullet ayt mille fois, en vain,
Eſſayé de paſſer iuſques dedans ſa main.

ALMEDOR.

Il n'eſt point toutesfois de l'vn à l'autre Pole,
D'endroict ſi difficile où cét oyſeau ne vole,
Pourueu qu'on le ſouſtienne auec des aiſles d'or.

LE DVC.

Ie ne ſçay; mais pourtant ie te iure, Almedor,
Que l'or qui gaigne tout, & par qui tout ſe force,
A manqué pour ce coup de puiſſance & d'amorce.

ALMEDOR.

Vrayment ie m'en eſtonne, & croy que vos Agents,
N'eſtoient donc guere ſeurs, ou guere intelligents.

LE DVC.

Bref, voylà le subiect de ceste humeur chagrine,
Qui contre ma coustume auiourd'huy me domine.
Mais ce vieux caualier, passe & tout hors de soy,
A mine de vouloir quelque chose de moy.

ACTE PREMIER.

Scene II.

LE DVC. PAVLIN.

LE DVC.

Vous, Seigneur Paulin, quel sujećt vous a-
meine ?

PAVLIN.

Fort mauuais, puis qu'il faut qu'il vous donne la peine
De l'apprendre de moy, sans receuoir vn tiers.

ALMEDOR.

Cedez-là ie me retire.

LE DVC.

Oüy dea tres-volontiers.

PAVLIN.

Monsieur, ie mets en vous toute ma confiance:
Or pour n'abuser pas de vostre patience,
C'est que l'assaßinat qui vient d'estre commis
Sur vn de mes plus grands, & mortels ennemis,
Dont le bruit à ceste heure emplit toute la Ville,
M'alloit sacrifier à la fureur ciuile,
Si ie n'eusse treuué vostre Palais ouuert,
Comme vn Temple, où i'ay mis mon salut à couuert.

LE DVC.

On a donc presumé que vous l'auez fait faire?

PAVLIN.

Vn de mes braues, pris, a declaré l'affaire.

LE DVC.

Oüy: mais vostre ennemy, comment l'appelle-t'on?

PAVLIN.

Camille.

LE DVC.

I'en cognois la personne & le nom,

On l'estimoit beaucoup pour la gallanterie,
Et d'où vient le sujet de vostre broüillerie?

PAVLIN.

Monsieur, nos differents ont pour toutes raisons,
La hayne inueterée entre nos deux maisons;
Qui pour d'autres raisons trop longues à deduire,
Tousiours de pere en fils ont voulu se destruire.

LE DVC.

Chose estrange de voir que l'animosité,
Estouffe parmy vous la generosité!
Et qu'icy, plus qu'ailleurs, les ames outragées,
Par de si lasches tours veulent estre vangées.

PAVLIN.

Il me sieroit fort mal de vouloir soustenir
Un acte pour lequel vous me pouuez punir:
Mais vos rares vertus, de qui la renommée,
Est par toute l'Europe esgalement semée,
Et ce cœur genereux dont on dit tant de bien,
Vous feront pardonner la lascheté du mien.
I'embrasse vos genoux, auec ceste esperance,
Que ie tiendray chez vous ma teste en asseurance.

Leuez-

LE DVC.

Leuez-vous, asseuré de treuuer aujourd'huy,
En ma protection vn veritable appuy.
Ie ne puis vous donner vn plus aymable azile,
Qu'vne de nos maisons qui n'est qu'à trente mile:
Où vous serez receu par mon commandement,
Comme dans mon Palais, & plus commodément.
Attendant que le temps & ma faueur promise,
En vn meilleur estat vostre fortune ayt mise.
Songez quand vous voudrez à vostre partement,
Et si vous m'en croyez que ce soit promptement.

PAVLIN.

Ie vay donc de ce pas mettre ordre à mon voyage.

LE DVC.

Vrayment, Seigneur Paulin, vous ne seriez pas sage.
De retourner chez vous, il n'y feroit pas seur.

PAVLIN.

Je ne vay qu'icy pres au logis de ma sœur.

LE DVC.

Non, vous n'irez point seul.

PAVLIN.

C'est tout contre.

LE DVC.

N'importe,
Douze ou quinze des miens vous y feront escorte.
O Page?

VN PAGE.

Monseigneur,

LE DVC.

Allez dire là bas,
Il parle à l'oreille du Page.
Faite viste, & sur tout qu'on ne le quitte pas.

PAVLIN.

Monseigneur, cét honneur, & ceste mesme teste,
Que vous me conseruez au fort de la tempeste,
Feront voir comme quoy ie vous suis obligé:
L'vn & l'autre pour vous sans reserue engagé.
Il sort.

LE DVC.

Adieu, Seigneur Paulin: Dieux que ceste aduanture
Me fait chez Emilie vne belle ouuerture!

Et que cét accident se presente à propos,
Pour mettre en peu de temps mon esprit en repos!
Ce jaloux qu'à dessein hors de Naples i'enuoye,
Ne sçauroit empescher, & que ie ne la voye,
Et que ie ne luy parle, estant le seul appuy,
Qu'elle peut sans soupçon solliciter pour luy.
Que si par aduanture il veut qu'elle le suiue,
Comme ils seront chez moy, le pis qui m'en arriue;
C'est que dans peu de iours i'iray m'y promener,
Auec le moins de train que i'y pourray mener.

ACTE PREMIER.

Scene III.

FLAVIE. EMILIE.

FLAVIE.

Vn mal-heur ordinaire, & qui n'est pas extresme,
Ne nous doibt apporter qu'vne douleur de mesme.

EMILIE.

Nommez-vous ordinaire vn mortel accident,
Qui iette vostre frere en peril euident?

Et de noſtre famille augure la ruine?
Dieu veüille que ie ſois vne fauſſe Deuine.
Ce coup qui de pluſieurs auance le treſpas,
Portera plus auant que vous ne penſez pas.

FLAVIE.

Il ne faut pas douter que de ceſte diſgrace,
Ne pleuuent cent mal-heurs ſur l'vne & l'autre race.
Et pleuſt au Ciel, ma ſœur, que pour le bien de tous,
Mon frere euſt teſmoigné des mouuemens plus doux:
Ou que tant ſeulement les morts fuſſent à plaindre,
Sans que pour les viuãs nous euſſions rien à craindre:
Mais puis que le paſſé ne ſe peut r'appeller,
Ie croy que le meilleur eſt de ſe conſoler,
D'autant mieux que mon frere a guaranty ſa vie,
De la fureur de ceux qui l'auoient pourſuiuie,
Et nous aurons bien-toſt des nouuelles de luy,
Cela doit, ce me ſemble, adoucir voſtre ennuy.

EMILIE.

Ha! que ne ſuis-je à naiſtre, ou que ne ſuis-je morte?
Pardonnez ie vous prie au dueil qui me transporte,
Et trouuez bon que ſeule auec de iuſtes pleurs,
Je donne par les yeux paſſage à mes douleurs.

FLAVIE.

Adieu donc.

ACTE I.

Scene IIII.

EMILIE.

OSTE-moy ta presence importune,
Qui dans ceste contrainte accroist mon infortune.
Soupire donc mon cœur, soupire en liberté,
Pleurez mes tristes yeux, & perdez la clarté:
Puis que vostre Soleil luy-mesme l'a perduë,
Sans espoir que iamais elle luy soit renduë.
Clair Soleil de mes iours par la mort endormy,
Dans le rouge Ocean du sang qu'il a vomy,
L'apuy de la Vertu, l'honneur de l'Italie,
Le Phœnix des Amans, & l'espoir d'Emilie.
En la fin de Camille ont rencontré la leur.
O beau nom qui n'aguere enchãtoit ma douleur,
Et par qui maintenant ma douleur se renflame,
Que d'effets differents tu causes dans mon ame!
Camille, il est donc vray que tu me sois rauy,
Sans t'auoir pû deffendre, ou sans t'auoir suiuy?

Et ie sçay toutesfois que i'ay fourny l'espée,
Qui de tes ieunes ans a la trame coupée.
Cet Amour que pour toy ie conceus eternel,
Luy seul, quoy qu'innocent, t'a rendu criminel.
De là vint la secrette & forte ialousie,
Qui d'vn brutal espoux troubla la fantaisie:
De sorte que sa haine, & mon funeste amour,
Ont trauaillé tous deux à te priuer du iour.
Ce sont de tes effects, execrable Vipere,
Qui picques en naissant ton miserable Pere.
Monstre de jalousie à qui cent yeux au front,
Ne font pas voir encor les objects comme ils sont.
Mais quoy les passions de supplice incapables,
Ne se doiuent punir qu'en leurs autheurs coupables.
Poisons, flames, & fers, sus donc preparez-vous,
A luy sacrifier l'Amante & le Ialoux,
Pour appaiser son sang qui demande le nostre.
Vn des deux neantmoins plus coupable que l'autre,
Receura le trespas comme son chastiment,
Et l'autre comme vn bien qui finit son tourment.
Si de mes tristes iours la course est prolongée,
Ce n'est que pour mourir satisfaite & vangée.
Au moins si mon courage en desespoir changé,
Peut estre satisfaict apres s'estre vangé.

Car quand mesme aujourd'huy ce lasche, ce perfide,
Ce plus qu'abominable, & barbare homicide,
Laisseroit dans mon lict tout son sang respandu,
Que me rend-il au prix de ce que i'ay perdu?
Quand au lieu d'vne vie, il en auroit dix mille,
En peut-il satisfaire à celle de Camille?
N'importe vangeons-nous, quoy qu'imparfaictement,
Et si nous le pouuons, que ce soit promptement.
Il en mourra le traistre, & si sa diligence
M'empesche d'en tirer vne illustre vengeance:
Vne obscure suffit à m'en faire raison,
Ou Naples vne fois manquera de poison.
C'est alors qu'Emilie au tombeau descenduë,
Fiere d'auoir perdu celuy qui l'a perduë:
Aux ombres de Camille ira se reünir,
Pour commencer vn bien qui ne pourra finir.
Cependant pour atteindre au poinct que ie desire,
Il faut que ma douleur au dedans ie retire.
Que mes ressentimens pour vn temps suspendus,
Laissent choir l'assassin dans mes pieges tendus:
Luy qui sur vn soupçon de legere apparence,
Entreprit nostre perte auec tant d'asseurance:
Mais ie l'entens venir, ô Dieu le cœur me bat!
Ie sens dedans mon ame vn estrange combat.

L'Amour qui par sa veuë irrite mon courage,
Veut que sans differer, ie luy monstre ma rage.
La raison d'autre-part qui me conseille mieux,
Veut l'oportunité des saisons & des lieux.
Reçoy-le maintenant en femme interessée,
Pour le traicter apres en Amante offencée.

ACTE I.

Scene V.

PAVLIN. EMILIE.

PAVLIN.

ET qu'est-ce cy, Madame? à voir cét œil pleurant,
Ce teint pasle, & ce cœur encore soupirant,
On iugeroit quasi qu'en ma seule auanture,
Vous regrettez la fin de toute la Nature.
Ou bien que vous plaignez auec peu de raison,
Le plus grand ennemy qu'ayt eu nostre maison.
Dont la race obstinée en sa rage ancienne,
A cent fois essayé de destruire la mienne.

L'insolent,

L'insolent apres tout n'a veu tomber sur soy,
Que le mal que luy mesme eust enuoyé sur moy.
Ne soûpirez donc plus, ou vous me fairez croire,
Que d'vn œil ennemy vous voyez ma victoire.

EMILIE.

Vous seul estant l'vnique & le plus cher objet,
Que regarde ma crainte auec iuste sujet,
Ne me plaindrois-je guere, ayãt beaucoup à creindre?

PAVLIN.

Dy plûtost, infidelle, ayant beaucoup à feindre.

EMILIE.

Que Camille soit mort, & tous les siens aussi,
Pourueu que vous viuiez, i'auray peu de soucy:
Mais las! ie crains pour vous les malheurs ordinaires,
Que trainent apres soy les actes sanguinaires:
Ie crains que ses parens, qui l'aymerent si fort,
Mesme au pied des Autels ne vous portent la mort;
Ou viennent vous chercher iusques dedãs ma couche.

PAVLIN.

La crainte du contraire est celle qui te touche;

Mon cœur, puis qu'elle feint feignons pareillement,
Voſtre bon naturel, que i'ayme extremement,
Me rend plus dure encor l'abſence neceſſaire,
Que m'ordonne deſia le cours de mon affaire :
Car deuant qu'il ſoit iour il faut changer de lieu,
N'eſtant icy venu que pour vous dire adieu;
Et prendre, s'il ſe peut, vn habit de campagne.

EMILIE.

Monſieur permettez donc que ie vous accompagne,
Et partage auec vous le danger & la peur.

PAVLIN.

O trahiſon ! ô ſexe infidelle & trompeur !
Non, ne bougez d'icy, voſtre ſejour en ville,
Pour beaucoup de raiſons me ſera plus vtille.

EMILIE.

Importunes raiſons qui me venez priuer,
Du bon-heur le plus grand qui me puiſſe arriuer!

PAVLIN.

Allez voir ſi ma ſœur n'a rien qui la retienne,
Et faictes auec elle en ſorte qu'elle vienne.

Bons Dieux! qui penseroit que sous tant de beauté,
Logeast tant d'artifice et de desloyauté!
L'Ingrate dont les pleurs, & le visage blesme,
Tesmoignent pour Camille vne douleur extresme;
Voudroit me faire accroire, impudente qu'elle est,
Qu'elle m'ayme, & ne plaint que mon propre interest;
Et ie suis neantmoins le plus trompé du monde,
Si desja l'infidelle en malice feconde,
Ne consulte la fraude en son esprit malin:
Mais bon à quelque duppé, & non pas à Paulin,
Qui pour si longuement, & si bien que tu feignes,
Ne s'endormira pas qu'à fort bonnes enseignes:
I'espere neantmoins qu'oubliant ce beau fils,
Tu plaindras quelque iour la faute que tu fis,
Quand au mespris commun de nostre parentage,
Tu l'osas estimer à mon desaduantage.
Le Temps corrige tout, quand il est bien conduit,
Et souuent d'vn grand mal vn grand bien se produit.
Il se peut faire außi, comme femmes sont femmes,
Qu'elle conçoiue encor des desirs plus infames.

FLAVIE.

Mon frere, vn bon garçon que i'ay tousiours chery,
Pour son affection enuers feu mon mary,

Vient de me rapporter en espion fidelle,
Comme va vostre affaire, & ce que lon dit d'elle.
Le Comte & son valet sont tous deux fort blessez;
A croire neantmoins ceux qui les ont pensez,
Ils gueriront.

PAVLIN.

Tant pis, i'ayme bien mieux qu'ils meurent, (rent.
Deux morts, moins d'ennemis sur les bras me demeu-

FLAVIE.

Au reste vostre Braue a dit de bout en bout,
La chose comme elle est, & vous charge de tout.

PAVLIN.

Et moy ie suis d'auis, puis qu'il s'est laißé prendre,
De me sauuer fort bien, & de le laisser pendre:
Mais auant mon depart, qu'on ne peut retarder,
Ie vous pri'ray, ma sœur,

FLAVIE.

Vous pouuez commander.

PAVLIN.

De receuoir chez vous, & sous vostre conduite,
Ma femme, qui sans doute empescheroit ma fuite;

Voicy l'ordre à peu pres que vous luy prescrirez,
Qu'elle ne sorte point que quand vous sortirez,
Et n'ait nul entretien hors de vostre presence,
De crainte de scandale, & de la mesdisance:
Bref vous m'obligerez iusques au dernier point,
De coucher auec elle, & ne la quitter point.
Asseuré que ie suis qu'en vostre compagnie,
Sa vertu se deffend contre la calomnie:
Ce n'est pas que ie craigne en aucune façon,
Mais il faut esuiter les subiects de soupçon.

FLAVIE.

Mon frere, qu'en cecy comme en toute autre chose,
Sur ma fidelité vostre esprit se repose,

PAVLIN.

Souuenez-vous encor de voir le Vice-Roy,
Pour le solliciter de s'employer pour moy.
Vous trouuerez en luy la merueille des hommes,
Soit des siecles passez, soit du siecle où nous sommes:
C'est luy qui m'a sauué, c'est luy qui me reçoit,
N'en parlez cependant à personne qui soit:
Car mesme pour subiect qu'il faut que ie vous cache,
Ie ne desire pas que ma femme le sçache.

Allons nous preparer à ce fascheux depart.

FLAVIE.

Et partez-vous si-tost ?

PAVLIN.

Dans vne heure, au plus tard.

Fin du premier Acte.

LE DVC D'OSSONNE COMEDIE DE MAIRET.

ACTE SECOND.

SCENE PREMIERE.

LE DVC. ALMEDOR.

LE DVC.

NON, tu ne croirois pas dequelle impatience,
Mon cœur depuis deux iours a fait experiẽce:
L'absence du mary m'auoit faict esperer,
Que mon Soleil chez moy me viendroit esclairer,
Et me recommander le soin de son affaire,
Chose que toutefois il est encor à faire:

Vrayment ie m'en estonne, & ne puis conceuoir,
Pourquoy cette Beauté differe de me voir.

ALMEDOR.

Sans doute qu'Emilie encore embarassée,
Dans la confusion de l'action passée,
A remis sa visite à quelque temps d'icy:
Pour moy c'est ma creance;

LE DVC.

Et c'est la mienne aussi:
Ie ne veux pourtant pas m'en asseurer de sorte,
Que ie n'aille passer au deuant de sa porte,
Moins pour aucun plaisir que i'espere y gouster
Que pour l'occasion qui peut se presenter.
Elle peut par hazard se mettre à la fenestre,
Et prendre en me voyant le soin de me connestre.
Me remarquant assez pour vn illustre Amant,
Au seul & riche esclat de ce gros diamant:
Vous souriez, Marquis, de ma gallanterie.

ALMEDOR.

Monsieur, à la pareille, approuuez que i'en rie.

LE DVC.

Et bien bien laissez faire vn iour vous y viendrez,
Et quand cela sera voüs vous en souuiendrez.

ALMEDOR.

Vous croyez donc me voir?

LE DVC.

Amoureux au poßible.

ALMEDOR.

Ie n'ay iamais pensé que ie fusse insensible.
Je puis bien n'aymer pas, ie puis aymer außi:
Mais ce ne sera point en amoureux transy.
Lors que vous me verrez subiect comme vn esclaue,
Resveur comme vn Poëte, & le visage haue;
Le teint iaune d'amour, & les yeux languissants:
Dites que le Marquis aura perdu le sens.

LE DVC.

En ce cas l'amitié se voit vn peu trop forte,
Außi ne tiens-tu pas la mienne de la sorte.

ALMEDOR.

Non pas, ce dites-vous: Ah! vrayment ie voy bien,
Que l'Amour est aueugle, & s'il n'en connoist rien.

Quoy? Monſieur, ſoûpirer, eſtre en inquietude,
Hayr la Comedie, aymer la ſolitude:
Enfin ne repoſer, ny la nuict, ny le iour,
Sont-ce effects que produiſe vne vulgaire Amour?
Mais de quelles raiſons nous pourriez vous defēdre,
La peine ſans profit que vous nous faites prendre.

LE DVC.

Cette peine pour moy ne m'incommode pas.

ALMEDOR.

Si fait bien pour le moins ceux qui ſuiuent vos pas.
Croyez que nos valets dans leurs petites ames,
Maudiront bien tantoſt & l'amour, & ſes flames,
Ah! quand dernierement vous me fiſtes ſçauoir,
Qu'en propre Original elle viendroit vous voir.
Ie treuuay l'aduanture extremement commode,
Et voudrois que quelqu'vn en aportaſt la mode:
Mais par le temps qu'il fait,

LE DVC.

Quoy qu'vn object ſi cher,
Prit luy meſme le ſoin de me venir chercher,
Ce fruit d'amour vaut bien la peine qu'on le cueille,

ALMEDOR.

Et quand au lieu du fruit on ne prend que la feuïlle,
Comme vous allez faire assez visiblement,
N'est-ce pas tesmoigner qu'on ayme aueuglément?
Certes il fait bon voir ces Doms-Guichots nocturnes,
Le manteau sur le nez, craintifs, & taciturnes,
Au pied d'vne fenestre exposez bien souuent
Aux iniures du froid, de la pluye, & du vent,
Sans que personne daigne, ou leur ose respondre,
Que font ces Messieurs-là que plaindre & se morfondre?

LE DVC.

Ie croy qu'ils sont contents:

ALMEDOR.

En voudriez-vous respondre?

LE DVC.

Ouy; car s'ils n'y trouuoient quelque chose de dous,
Ils ne le feroyent pas.

ALMEDOR.

C'est ma foy qu'ils sont fous,

Et n'ont pas seulement l'esprit de le connestre.

LE DVC.

Et moy par consequent.

ALMEDOR.

Cela pourroit bien estre.

En effect s'ils sont fous, comme vous le voyez,
Il est bien mal-ayse que vous ne le soyez.
Ie dis vous, plus que tous, qui sans suiect du monde,
De fortune aparente, où vostre espoir se fonde,
Hazardez sans besoin, vn voyage amoureux,
Au temps qui de l'année est le plus rigoureux:
Car ie ne pense pas depuis que l'Hyuer dure,
Qu'il ayt fait en Pologne vne telle froidure.
Il gele à pierres fendre, & malgré la saison
Vous allez discourir auec vne maison,
Encore à la Sainct Iean, où sous la Canicule
Ce bel exploict d'amour seroit moins ridicule.
Mais se mettre au hazard de se faire geler,
Sans estre veu, sans voir, & sans pouuoir parler.
A l'ombre seulement de la personne aymée,
Treuuer pour toute Dame, vne porte fermée:
En baiser mille fois la serrure, & les clouds,
Si l'on pouuoit encor, les gonds, & les verroux.

Adorer à genoux ses planches verglacées,
Auoir sur ce suiet plusieurs belles pensées:
Que c'est vn Ciel d'Amour, que ses clouds bien fichez
Sont de ce firmament les astres attachez;
Astres durs & malins, dont le regard influë
L'impuissance d'entrer qui le tient à la ruë.
Et mille autres beaux traicts heureusement conceus,
Que suiuant sa figure il treuue là dessus;
Pendant que d'autre part sur mon Amant timide,
Il pleut de sa fenestre vne influence humide;
Dont l'odeur qui par tout embasme le chemin,
Ne sent iamais rien moins que l'ambre & le jasmin.
Enfin ces incidents pris seuls, ou tous ensemble,
Font d'vn fol amoureux l'histoire, ce me semble.

LE DVC.

A ton conte, Marquis, le sage n'ayme rien.

ALMEDOR.

Quand le mal en Amour est plus grand que le bien,
Ou qu'on est abusé d'vn espoir inutile:
Si le sage ayme encor, il cesse d'estre habile.

LE DVC.

Si croy-je neantmoins te faire dire vn iour,
La plus haute sagesse est follie en amour.

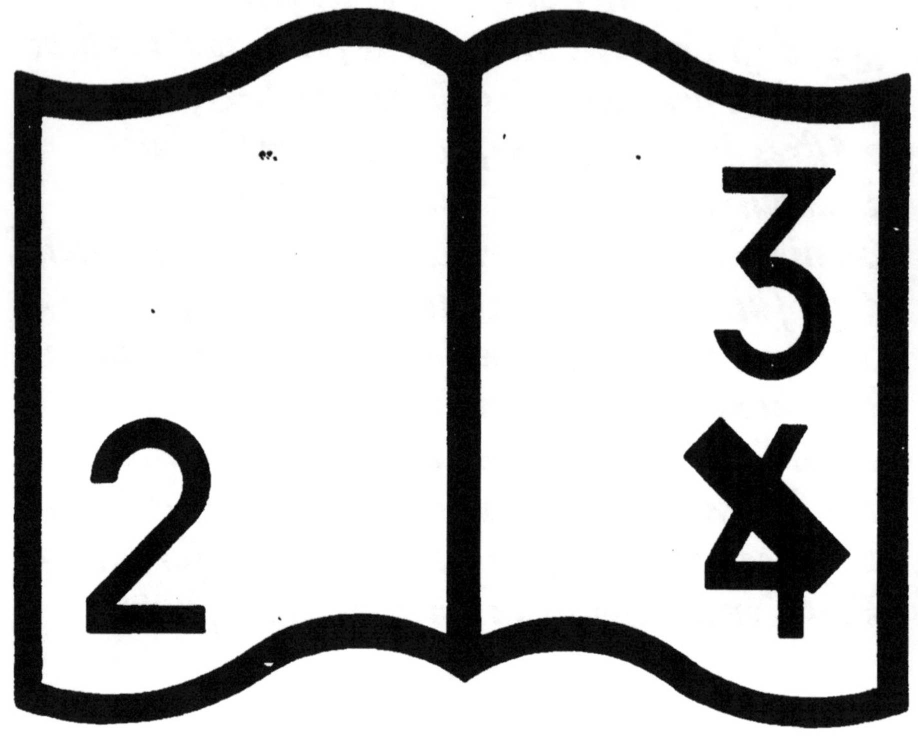

Pagination incorrecte — date incorrecte

NF Z 43-120-12

Alors tes ſentimens ſeront comme les noſtres:

ALMEDOR.

Alors ie ſeray fou, comme ſont beaucoup d'autres.

LE DVC.

En ce cas à mongré tu ſerois bien plaiſant:

ALMEDOR.

De guere plus qu'au mien vous l'eſtes à preſent.
Mais laiſſons pour ce coup l'Amour & ſa folie;
Monſieur, où penſez-vous que demeure Emilie?

LE DVC.

C'eſt à vingt pas d'icy.

ALMEDOR.

Je gâgeray pourtant,
Que nous en trouuerons plus de vingt fois autant:
Ou quelque Ingenieur a r'aproché le Mole
Auecque ſa maiſon, ou l'Amour comme il vole,
Du Mole iuſqu'icy ne conte que vingt pas.

LE DVC.

Tous deux auons raiſon: c'eſt que tu ne ſçais pas,

Qu'en l'absence du vieux cette Beauté demeure,
Auec sa belle sœur,

ALMEDOR.

Ie le quitte à cette heure.

LE DVC.

Adieu donc, prends mes gens, & t'en va si tu veux,
Faire vn tour par la ville, ou m'attendre auec eux.

ALMEDOR.

Quoy, sans estre suiuy?

LE DVC.

De personne qui viue.

ALMEDOR.

Pour moy vo⁹ voulez-biẽ au moins que ie vous suiue?

LE DVC.

Non ie ne le veux pas.

ALMEDOR.

Mais, Monsieur, s'il vous plaist,
Considerez bien l'heure, & la saison qu'il est.

Il ne faut qu'vn yurongne, vn fou melancolique,
Pour hazarder en vous la fortune publique.

LE DVC.

C'est bien perdre du temps en discours superflus.
Non, Marquis, ie t'en prie.

ALMEDOR.

Et bien n'en parlons plus.
Vos estafiers, et moy vous allons donc attendre
En lieu d'où nous pourrons aysément vous entendre,
Et de nostre secours vous ayder au besoin;
La honte cependant de m'auoir pour tesmoin,
D'vne si magnifique & haute drolerie,
Et la crainte sur tout d'vn peu de raillerie.
Font tres-asseurément qu'on se deffaict de moy.
Aduoüez franchement?

LE DVC.

Il est vray par ma foy.

ALMEDOR.

Bien donc, à cela pres, suiuez vostre entreprise,
Et qu'en si beau voyage Amour vous fauorise.

SCENE

ACTE SECOND.

SCENE II.

LE DVC SEVL.

VRayment il a raiſon de rire comme il fait,
D'vn trait qui ſemble eſtrange, & qui l'eſt en effet:
Car à bien diſcourir deſſus mon perſonnage,
Que me reuiendra-t'il de tout ce badinage?
Ie vay (fou que ie ſuis) comme il a fort bien dit,
Me plaindre, me morfondre, & le tout à credit;
Me planter comme vn terme au pied d'vne muraille,
Et faire les doux yeux à des pierres de taille;
Tandis que la Beauté qui me fait conſumer,
Dort fort bien à ſon aïſe, & me laiſſe enrumer.
N'importe, quelque choſe à ce deſſein m'attire,
Ie ne ſçay quoy de doux qui flatte mon martyre;
Et d'vn ſecret plaiſir chatoüille mes eſprits,
Me force d'acheuer le voyage entrepris.
Allons donc, en tout cas i'auray cét aduantage,
Que de voir ſa maiſon ne pouuant dauantage.

Si i'ay bien recogneu ie n'en suis guere loin.
Voicy le Carrefour dont elle fait le coin.
C'est elle asseurément, i'apperçoy la fontaine,
Que i'ay prise en plain iour pour enseigne certaine.
Le balcon, les barreaux, le cul de lampe aussi:
Enfin plus i'en suis prez, plus i'en suis esclaircy.
Estrange effect d'amour! mon ame est toute esmeuë,
Ie sens autour du cœur mon sang qui se remuë.
Cest aymable logis à son premier aspect
M'emplit tout de desir, de crainte & de respect.
A le voir seulement ma passion redouble,
Ie sens quelque transport qui me plaist & me trouble.
Ses effects sont pour moy les signes euidens
De la diuinité qui regne là dedans.
Mon propre cœur me donne vne preuue assez ample,
Que ma Deesse y loge, & que c'est là son temple.
Mais la fenestre s'ouure ou mon œil est deçeu,
Voyons & nous cachons de peur d'estre apperçeu.
Ie descouure quelqu'vn qui doucement enuoye,
De la croisée en bas vne eschelle de soye.
Le voicy qui descend: paix, le voilà r'entré,
Que d'vn ialoux despit mon courage est outré!
Voy, que puis-je penser d'vn si bizarre affaire?
Faut-il tant consulter en matiere si claire?

Que sert de se flatter, c'est vn beau fauory
Qui mesnage en amant l'absence du mary.
Je suis venu trop tard, la place est occupée,
Voilà de mon amour l'esperance duppée.
Aussi pourquoy si tost destruire mon bon-heur,
Et si legerement offenser son honneur?
Si c'estoit vn amant, l'apparence de croire
Qu'il se demist si tost de son estat de gloire,
Et quittast la partie au poinct que les amants,
Cueillent les plus doux fruits de leurs contentements?
Il est vray, mais d'ailleurs le traict qu'il viẽt de faire,
Par la mesme raison m'asseure du contraire.
Le gallant est rentré, non non c'est vn amy,
Que l'excez du plaisir a sans doute endormy.
Si bien qu'à son resueil, comme il a veu parestre,
La clarté de la Lune à trauers la fenestre,
Soupçonnant que desia c'estoit le point du iour,
Il a precipité l'heure de son retour.
D'où vient que ses soubçons esclaircis à la Lune,
Le voilà qui retourne à sa bonne fortune.
Vrayment ie deuois bien escarter le Marquis,
Pour chercher vn tresor qu'vn autre a tout aquis.
Aussi pourquoy d'abord accuser Emilie?
Sa sœur par auanture encor fraische & iolie,

Et qui se plaist possible à s'en faire conter,
Peut aymer ce mignon qui vient de remonter.
Mais non, elle gouuerne, & pourroit faire en sorte,
Que laissant la fenestre il entrast par la porte.
La chose est fort douteuse, il faut resolument
En tirer sur le champ vn esclaircissement.
Encore est-il permis en cas si ridicule,
De voir le galand homme à qui ie tiens la mule.
Il est vray que ie iouë à me faire assommer;
N'importe, à tout hazard quitte pour se nommer.
I'ay l'espée en tout cas, c'est dequoy ie me vante,
De donner au galland sa part de l'espouuente.
Sus, sus, il faut monter, & sçauoir ce qu'ils font;
Ie pense voir beau jeu si la corde ne rompt.

Comme il est entré la toile se tire qui represente vne faciade de maison, & le dedans du cabinet paroist.

Quoy que i'escoute bien, que par tout ie tastonne,
Ie n'oy, ny ne sens rien, l'vn & l'autre m'estonne.
Ne desesperons pas, i'ay descouuert du feu
A trauers vne porte, approchons-nous vn peu.
Voilà mon esueillé, ce n'est point mocquerie,
Il ferme les rideaux d'vn lict en broderie:
Il faut le voir au nez; bon il vient de pied coy,
Attends-le tout de mesme. Ah! qu'est-ce que ie voy?
Suis-ie auiourd'huy contraint de croire en la Magie?

ACTE SECOND.

SCENE III.

LE DVC, ET EMILIE.

EMILIE.

I'AY bien fait de venir reprendre ma bougie;
Il vaut mieux la laisser à l'endroit que voicy.
Elle pose sa bougie allumée aux pieds du Duc.
Ah Monsieur! ah bon Dieu! qui vous ameine icy?

LE DVC.

Deux aueugles, Madame; Amour, & la Fortune;
Ie veux-bien toutesfois, si ie vous importune,
Reprendre le chemin par où ie suis venu.

EMILIE.

Si vous m'estiez, Monsieur, vn visage inconnu,
Ou si ie ne sçauois quel est vostre merite,
Il est vray que ma peur ne seroit pas petite.

LE DVC.

N'en ayez point, Madame, au contraire, croyez
Que ie mourray d'ennuy, si vous ne m'octroyez,
Auec l'impunité de mon audace extresme,
La licence de dire à quel point ie vous ayme.
Mes yeux que la douceur des vostres a rauis,
Vous liurerent mon cœur si tost que ie vous vis;
Sans auoir iamais peu vous descouurir mon ame.
De là vient qu'emporté de l'ardeur de ma flame,
I'estois venu resveur deuant vostre logis,
Où i'ay veu

EMILIE.

Le sujet pour lequel ie rougis.

LE DVC.

Voyez ma passion dans la jalouse rage,
Dont vostre habit trompeur m'a picqué le courage.
Iugez par le danger où i'ay voulu courir,
Si mon amour le cede à la peur de mourir.

EMILIE.

Ce trait inimitable à toute autre personne,
Et qui ne peut partir que d'vn seul Duc d'Ossonne,

M'oblige absolument à ne vous rien cacher,
Sans perdre en longs discours vn tẽps qui m'est si cher.
Vous sçaurez donc, Monsieur, quoy que vous ait peu (dire
Ce brutal assaßin qui chez vous se retire,
Et qui fit choix en vous d'vn amy deffenseur,
Au lieu d'y rencontrer vn Iuge punisseur,
Que sur quelques soupçons sans aucun tesmoignage,
Le traistre sur Camille a fait tomber sa rage.
Ce n'est pas qu'en effect ie ne l'aymasse bien,
Comme vous allez voir, mais il n'en sçauoit rien.
Nous auons eu tousiours trop d'heur, & trop d'adresse,
Pour estre pris en chose où l'honneur s'interesse.
Quand nous aurions failly dans nostre passion,
Il n'en peut rien sçauoir que par presomption.
Cependant le barbare a fait par deffiance,
Ce que le plus brutal n'eust fait que par science.

LE DVC.

Vous pouuez bien penser quand ie le retiray,
Que c'est vous seulement que ie consideray.

EMILIE.

C'est en quoy vous n'auez qu'vne ingrate obligée.

LE DVC.

Pleust à Dieu que ma foy n'y fust pas engagée.

Mais, Camile, Madame, est-il pour en mourir?

EMILIE.

Monsieur, on ne croit pas qu'il en puisse guerir:
C'est pourquoy l'equipage où ie suis à cette heure
N'est que pour l'aller voir auparauant qu'il meure.
Au moins si vostre cœur par vn trait de pitié,
Accorde cette grace à ma triste amitié.

Elle est vestuë en homme.

LE DVC.

Quoy qu'vn iuste regret sensiblement me touche,
D'apprendre mon mal-heur par vostre propre bouche,
Vostre contentement m'est encor assez cher,
Pour aux despens du mien moy-mesme le chercher.

EMILIE.

O femme sur tout' autre en tout infortunée!

LE DVC.

La Monstre du Duc sonne.

Maudite soit la Monstre, et qui me l'a donnée.

SCENE

ACTE SECOND.

SCENE IIII.

FLAVIE. EMILIE. LE DVC.

Icy la seconde toile se tire, & Flauie paroist sur son lict, qui s'est eueillée au bruit de la monstre.

FLAVIE.

VOY ! d'où vient que ma sœur s'eueille ainsi la nuict?
Se treuue-t'elle mal? ie n'entends point de bruit:
Va voir ce qu'elle fait, & te coulle tout contre.

EMILIE.

Elle escoute à la porte du cabinet.

Escoutons si ma garde a point ouy la monstre,
Ne bougeons pas si tost, ce seroit faict de moy.

FLAVIE.

Dieu! qu'est-ce que i'entends? Dieu! qu'est-ce que ie voy?

I'ay l'esprit si confus d'vne telle merueille,
Que les deux yeux ouuerts ie doute si ie veille :
Ouy, ie veille, & voy bien ma coquette de sœur,
Et le Duc qui sans doute en est le rauisseur.
D'appeller au secours la famille endormie,
Ce n'est que de mon frere annoncer l'infamie.
Outre qu'vn plus grand mal en pourroit auenir,
C'est bien faict de lascher ce qu'on ne peut tenir.
Qu'elle s'en aille donc auec son habit d'homme,
Et fust-elle des-jà la plus belle de Romme,
Pourueu qu'elle n'eust pas aux despens de mon cœur,
L'honneur d'auoir vaincu mon aymable vainqueur.

LE DVC.

Nous n'auons rien oüy.

EMILIE.

Ie suis vn peu remise,
Mais croyez que iamais ie ne fus plus surprise.

LE DVC.

Ny moy pareillement iamais plus interdit.

EMILIE.

Or, Monsieur, s'il est vray, comme vous l'auez dit,

Que mon peu de beauté vous soit considerable;
Considerez aussi mon estat miserable:
Et par vos propres feux mesurant ceux d'autruy,
Excusez la foiblesse où ie tombe auiourd'huy.
Asseuré que i'emporte vn regret legitime,
De ne pouuoir payer vostre amour que d'estime;
Aymant mieux deuant vous l'auoüer franchement,
Qu'apres vn faux espoir vous tromper laschement.
I'estime neantmoins que vostre ame est trop haute,
Pour vouloir contre moy vous seruir de ma faute.

LE DVC.

I'ay trop peu de merite auec trop de mal-heur,
Pour m'acquerir vn bien de si rare valeur.

EMILIE.

Non, vous estes le seul qui me rendriez coupable,
D'vne infidelité si i'en estois capable:
Mais le Ciel m'est tesmoin qu'en l'estat où ie suis,
Vous promettre mon cœur, c'est plus que ie ne puis.

LE DVC.

Je n'approuuay iamais cette lasche manie,
De regner en amour auecque tyrannie.

Plus content de vous plaire en confident ſecret,
Que de me ſatisfaire en amant indiſcret.

EMILIE.

Si vous vouliez encor m'accorder vne grace?

LE DVC.

Ouy da, Madame, & quoy?

EMILIE.

D'aller tenir ma place
Dans le lict que voilà iuſques à mon retour,
Pour abuſer ma vieille auec vn ſi bon tour,
Qui vous prendra pour moy, s'il faut qu'elle s'éueille.

LE DVC.

Fort bien; cela vaut fait.

FLAVIE.

O ruze nompareille!

LE DVC.

Ie m'en vay donc ſans bruit vous receuoir en bas.

EMILIE.

Non, ne bougez.

LE DVC.

Pourquoy?

EMILIE.

C'est qu'il ne le faut pas.

LE DVC.

Madame, excusez-moy, i'ay du monde icy contre,
Que ie veux renuoyer, de peur qu'il vous rencontre;
Puis ie reuiens tout court, afin de me coucher.

EMILIE.

Songez donc, s'il vous plaist, qu'il faut se depescher,
Tant i'ay peur que desià le mal-heureux Camile,
N'ait rendu par sa mort ma visite inutile.

FLAVIE.

Voylà par vn seul mot le mystere esclaircy.
Sçache entor le chemin qu'elle prendra d'icy,
Pour mieux t'en asseurer.

LE DVC.

L'eschelle est bien tenduë, descendez hardiment.

EMILIE.

Me voilà descenduë; allons, que songez-vous?

LE DVC.

Ie songe qu'il me faut,
Tirer l'eschelle à moy quand ie seray là haut.

EMILIE.

Et pour quelle raison?

LE DVC.

De peur qu'il n'en aduienne,
Vne mesme aduenture, ou pire que la mienne.

EMILIE.

C'est fort bien aduisé:
Mais quand ie reuiendray,

LE DVC.

Vous n'auez qu'à tousser, & ie vous la rendray.

Fin du second Acte.

LE DVC D'OSSONNE, COMEDIE DE MAIRET.

ACTE TROISIESME.

SCENE I.

FLAVIE.

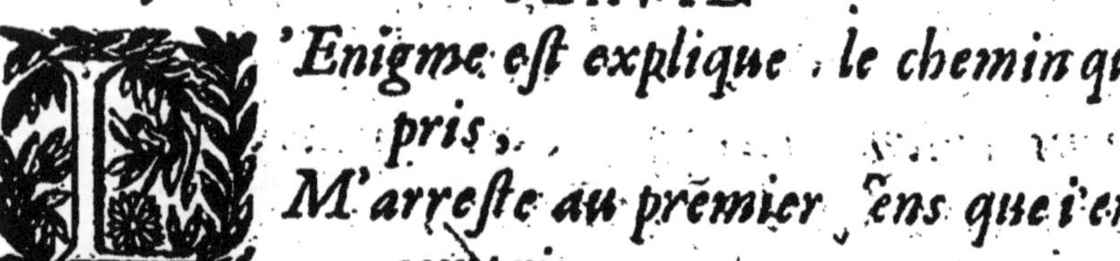

L'Enigme est expliqué, le chemin qu'elle a pris,
M'arreste au premier sens que i'en auois compris.
Ma sœur ayme Camille, & c'est l'obscure source,
Dont tant de maux ont pris & vont prendre leur course.

La gallante qu'elle est, dans ma propre maison
Execute à mes yeux toute sa trahison:
Encore auec cela, telle est ma destinée,
Qu'il faut que ie sois vieille à ma vingtiesme année,
Pour abuser ma vieille auec vn si bon tour:
Vrayment le tour est bon, mais deuant qu'il soit iour,
Pour si peu quelle vint à m'echauffer la bile,
Ie la feray passer pour ieune & mal habille.
Il vaut mieux toutefois se taire, & l'excuser,
Qu'en aduertir mon frere, et le scandaliser.
S'il le sçait, peu luy sert d'en sçauoir dauantage.
Et s'il ne le sçait pas, c'est vn mauuais message.
Par le coup qu'il a faict, il est aysé de voir,
Qu'il en a plus apris qu'il n'en voudroit sçauoir:
Et puis en l'examen d'vne faute amoureuse,
Il me sieroit fort mal d'estre si rigoureuse.
Amour, qui dés long temps entretient ma langueur,
M'en traicteroit possible auec plus de rigueur.
Laissons-la donc aymer, qu'vn autre y prenne garde,
Et songeons seulement à ce qui nous regarde:
Voicy venir celuy dont les perfections,
Sont le secret object de tes affections;
Tu le vas receuoir iusques dedans ta couche,
Ce Duc dont les attraits toucheroient vne souche.

O mes

O mes sens! si des-ja ce penser seulement,
Me cause tant de trouble & de contentement,
Au milieu de l'effect & de la chose mesme;
Iugez si mon transport ne sera pas extresme.
Quoy! ie le sentiray couché dedans mes draps,
A deux doigts de ma bouche, & presque entre mes (bras;
Sans que ma passion à l'excez paruenuë,
Au moins par mes souspirs luy puisse estre cogneuë.
Si belle occasion de contenter ses vœux,
Merite bien plutost qu'on la prenne aux cheueux.
Il s'agist en cecy du repos de ma vie,
Le temps, le lieu, l'amour & bref tout m'y conuie.
I'ay trouué le secret de descouurir mon feu,
Sans que la modestie y souffre tant soit peu.
Fais semblant de resver, & dans tes resueries
Mesle forces discours d'amoureuses furies;
Si propres à luy seul, qu'il ne puisse ignorer,
Qu'en songe pour le moins il te fait souspirer.
Lors à mon ton de voix, s'il n'est en resuerie,
Il ne me croira plus quelque vieille furie:
De sorte qu'il aura la curiosité,
De me voir au visage auec de la clarté.
Là, si, comme ie croy, le Duc est honneste homme,
Il fera son profit des aduis de mon somme;

Veu qu'ordinairement, & sur tout en amour,
Les songes de la nuict sont les pensers du iour.
L'amitié de ma sœur douteuse & diuertie,
Doit chasser de la sienne vne bonne partie;
Et puis ie ne croy pas son éclat de beauté,
Mieux fondé que le nostre en droict de primauté.
L'effect en fera preuue, acheue l'entreprise,
Et te remets au lict de crainte de surprise.
Courage, mon amour, que la peur de rougir,
Ne nous empesche pas de librement agir.
Le voile de la nuict couurira nostre honte.

ACTE TROISIESME.

SCENE II.

LE DVC. FLAVIE.

LE DVC.

L faut s'en acquitter, çà, çà, que ie remonte,
Cette commission m'importuneroit bien,
N'estoit qu'en la faisant ie ne fais rien pour rien.
Camille est fort malade, & sa mort que ie pense,
Fera que mon seruice aura sa recompense.

Mon etique beauté qui ronfle là dedans,
A poßible encor moins de cheueux que de dents:
Si faut-il neantmoins se couller aupres d'elle.

FLAVIE.

Le voicy, i'entreuoy son ombre à la chandelle.

LE DVC.

Sa bouche est en deçà, mets toy fort en auant,
Dessus le bord du lict de peur du mauuais vent.
Ce vieux suiet de rume & de decrepitude,
Tesmoigne en son repos beaucoup d'inquietude.
Ces esprits assoupis & ses membres pesans,
Semblent moins accablez du sommeil que des ans.
Voilà bien des souspirs, encor il est croyable,
Qu'elle faict maintenant quelque songe effroyable;
Ou c'est que l'estomach indigeste & gasté,
Luy cause à tous moments cette ventosité.
O mes gãds! mes sachets! esprits de muscq & d'ambre,
Que n'estes-vous icy plutost que dans ma chambre.

FLAVIE.

Oymé.

LE DVC.

Que veut-elle auec son oymé?
Le cœur luy fait-il mal?

FLAVIE.

Ha! pourquoy t'ay-je aymé?

LE DVC.

Resve-t'elle d'amour?

FLAVIE.

Ha Duc! ha Duc d'Ossonne!

LE DVC.

Elle parle de moy, l'aduenture est bouffonne,
Voicy bien à mon gré le plus bizarre tour,
Qui soit iamais party des caprices d'amour.
Seroit-ce point aussi quelque traict de finesse.
Semblable ton de voix me sent fort sa ieunesse:
Mais plutost que toucher à des os descharnez,
I'ayme mieux le sçauoir aux despens de mon nez.

Il se tourne la teste vers elle.

Ie ne sentis iamais une haleine plus douce;
Indubitablement on m'a donné la trousse.

Il reuient.

Retourne au cabinet y prendre le flambeau,
O Dieu! se peut-il voir vn visage plus beau?
Pour combien voudriez-vous, ô trompeuse Emilie,
Auoir tant de beauté quand vous serez vieillie?

Et toy-mesme par crainte ou par stupidité,
Voudrois-tu n'vser pas de la commodité?
Tout bien consideré, dois-tu trouuer estrange,
Que cette femme t'ayme ou plutost ce bel Ange?
Est-ce chose en amour impossible de soy,
Qu'en ayant pour vn autre, vn autre en ait pour toy?
Bien plus à la faueur de la tapisserie,
Ie gage qu'elle a veu nostre gallanterie;
Et qu'au bruit de ma monstre alors qu'elle a frapé
Elle s'est esueillée, ou ie suis bien trompé.
Non, non, poussons fortune, & sur la foy d'vn songe,
Changeons en verité cét amoureux mensonge.
La Fortune & l'Amour ayment les hazardeux,
Et les timides cœurs sont le mespris des deux.
Il est vray que l'affaire ayant mauuaise issuë,
Emilie en cecy seroit la plus deceuë:
Mais mon authorité la deffend en ce cas,
Et c'est à mon aduis ce qui ne sera pas,
Sans negliger pourtant la seureté des choses,
Tenons fort bien sur nous toutes les portes closes.
Voilà de fort bons aix & de fort bons verrous,
Si quelqu'vn veut entrer il faut qu'il parle à nous.

Il la regarde auec le flambeau.

Ce battement de sein, cette couleur vermeille,

Ne sont pas accidents de femme qui sommeille.
Elle dort comme on veille il n'est rien de plus seur.
Hé, Madame, Madame:

FLAVIE.

Hé de grace ma sœur,
Dormez si vous pouuez, ou souffrez que ie dorme.

LE DVC.

Hé Madame.

FLAVIE.

O ma sœur! sous quelle estrange forme
Abusez-vous mes yeux & mes sens à la fois?

LE DVC.

Madame, reseruez tous ces signes de Croix,
Pour l'apparition de ces mauuais fantosmes,
Qui meuuent, ce dit-on, des corps d'air & d'atomes.

FLAVIE.

Dieu! c'est bien vn demon veritable & trompeur,
Puis qu'il m'oste la voix.

LE DVC.

Non, n'ayez point de peur.

Si i'estois vn esprit de l'infernalle suitte,
Tant de signes de Croix m'eussent donné la fuite.
Et puis estant vous-mesme vn Ange de clarté,
Vostre diuin aspect m'eust-il pas escarté?
Par vos yeux, (le serment merite qu'on me croye)
Ie ne suis vn demon que d'amour & de joye.
Si vous connoissiez bien mon visage & mon nom,
Auriez-vous peur de moy? ie veux croire que non.

FLAVIE.

Mais en fin, hõme ou spectre, ou tous les deux ensẽble,
Est Duc d'Ossonne en fin puis que tout luy ressemble.
Pourquoy visiblement me venez-vous tenter?
Est-ce qu'à mon honneur vous voulez attenter?
Je feray tant de bruit.

LE DVC.

Appaisez-vous, Madame.
Euitons, s'il vous plaist, le scandale & le blasme.

FLAVIE.

O ma sœur, est-ce ainsi que vous me trahissez?

LE DVC.

Mais plustost est-ce ainsi que vous me haïssez?

Qu'ay-je encor entrepris qui vous ait peu desplaire?
Ie cherche vostre amour, non pas vostre colere;
Et mettrois hors mon cœur indigne de mon sein,
S'il auoit peu loger vn si lasche dessein.
Puis est-il insolent qui ne mist bas les armes
Deuant la majesté de vos yeux pleins de charmes.

FLAVIE.

Brisons là ie vous prie, & plutost dittes moy,
Qui vous a faict venir dans ma châbre, & pourquoy?

LE DVC.

Ie prends donc place au lict.

FLAVIE.

Quoy! que voulez-vous faire?
Tout beau, tout beau, Monsieur, il n'est pas necessaire,
Presque en vn mesme temps, ie voy que vous pechez
Contre la modestie, & que vous la preschez:
Prendre place à mon lict! ne tient-il qu'à la prendre?
Personne que ma sœur n'a raison d'y pretendre.

LE DVC.

Ie le croy bien ainsi, c'est pourquoy maintenant
I'ay droit de la remplir comme son lieutenant.

Iusqu'à

Iuſqu'à tant pour le moins qu'elle ſoit retournée,
Par la permißion qu'elle m'en a donnée.

FLAVIE.

Mais en vertu dequoy pourriez-vous m'aſſeurer,
Qu'elle vous l'ait donnée?

LE DVC.

A force d'en iurer.

FLAVIE.

On veut bien ſe tromper, alors qu'on s'en raporte
Aux ſermens amoureux de ceux de voſtre ſorte.
Non, non, à cela prez, commencez s'il vous plaiſt,
De me faire ſçauoir la choſe comme elle eſt.
Vous pouuez cepẽdãt, pour vous mettre à voſtre aiſe,
Prendre au lieu de mon lict vne fort bonne chaiſe:
Et comme Vice-Roy mettre encore ſous vous,
Pour cauſer plus à l'aiſe vn carreau de velours.

LE DVC.

Madame, à voſtre aduis le moyen que ie cauſe,
Auec le froid que i'ay?

FLAVIE.

Ie n'en ſuis pas la cauſe.

H

LE DVC.

Tout à bon ie transis, de grace par pitié,
Donnez-m'en seulement le quart de la moitié.

FLAVIE.

Vous autres Espagnols pour vn doigt qu'on vous dõne,
Vous en prenez vn pied, ie ne suis pas si bonne.

LE DVC.

Fiez-vous vne fois à ma discretion:

FLAVIE.

Et bien, ie vous reçois, mais à condition,
Que vous demeurerez dessus la couuerture,
Pour me conter au vray toute ceste auanture,
Et ne me ferez rien que ce qui me plaira.

LE DVC.

Ouy, foy de Caualier:

FLAVIE.

Et bien on le verra;
Sur vostre seule foy ma vertu se hazarde,
Mais n'entreprenez rien;

LE DVC.

Madame, ie n'ay garde.

ACTE TROISIESME.

SCENE III.

EMILIE. LE DVC.

EMILIE.

Icy les deux toiles se ferment, & Emilie paroist dans la rue.

L'Eschele est en dedans, nostre amant abusé
En a fidelement & sagement vsé;
Ayãt creu que ma sœur estoit vieille & ridée,
Il seroit bien marry de l'auoir regardée.
S'il me fust arriué de l'appeller ma sœur,
Il l'eust veuë, & dés-là mon jeu n'estoit plus seur.
Ie craindrois maintenant qu'estant seul aupres d'elle,
Il ne m'eust pas esté ny secret ny fidelle:
Auoüons cependant qu'il n'est point d'amoureux
Capable d'imiter vn trait si genereux;
Ny point d'amante aussi qui n'eust esté gaignée,
Par vne amour si belle, & si bien tesmoignée;
Il met bien à venir, toussons encor vn coup.

LE DVC.

Ah! Madame, vrayment vous demeurez beaucoup.

EMILIE.

Paix.

LE DVC.

Ne vous haſtez pas, l'eſchelle eſt mal-ayſée,
Tenez ferme à cette heure, empoignez la croiſée;

Icy la toile du cabinet ſe tire, & paroiſſent tous deux.

Vous voyez comme quoy ie me ſuis acquitté
De ma commiſsion;

EMILIE.

Et noſtre antiquité?

LE DVC.

O qu'elle eſt inquiete, actiue, & remüante!
Qu'à mon opinion ſon haleine eſt püante;
Et qu'vn teint delicat tourné de ſon coſté,
N'y ſeroit pas long-temps ſans eſtre bien gaſté.

EMILIE.

Vous en diriez bien trop, & ie me perſuade,
Qu'vn peu d'opinion vous a rendu malade.
Ou bien que vous voulez en cette occaſion,
M'obliger dauantage à ſa confuſion.

Non, non, ne croyez pas qu'elle soit si vilaine :
Sur tout ne dittes pas qu'elle a mauuaise haleine.
Si vous l'auiez sentie aussi souuent que moy,
Vous en parleriez mieux :

LE DVC.

Madame, ie vous croy.

EMILIE.

Ce n'est pas que ie l'ayme ou que ie la deffende,
Pour amoindrir le prix d'vne faueur si grande,
Puis qu'à moins d'estre ingrate, il me faut confesser,
Que ie n'ay pas dequoy la bien recompenser:
Quand mesmes par la mort de l'obiect de ma flame,
Il seroit en mon choix de vous donner mon ame.

LE DVC.

Et bien vous l'auez veu, se portera-t'il bien?

EMILIE.

I'espere grace à Dieu que ce ne sera rien.
On ne craint qu'vne playe où on a mis la sonde,
Et que l'on a treuuée extremement profonde.
Elle est droict sous le cœur, ses autres coups sont tels,
Qu'encor qu'ils soiēt tous grāds, ils ne sōt pas mortels.

LE DVC.

Quoy qu'ils m'ostent l'espoir, & quoy que ie l'enuie,
Ie ne fais point de vœux qui soient contre sa vie:
Et croy quelque accident qui luy puisse aduenir,
Qu'estant chery de vous il ne peut mal finir.

EMILIE.

Ces generositez sont toutes si parfaites,
Qu'il est aysé de voir que c'est vous qui les faictes:
Que mon cœur par ma voix n'ose-t'il publier,
Ce que sans estre ingrat, il ne peut oublier!
Mais quoy, les incidens qui font mon auanture,
Sont de si delicate & honteuse nature,
Que sans perdre l'honneur que vous me conseruez,
Ie ne puis augmenter celuy que vous auez.

LE DVC.

Si la reconnoissance au bien-fait se mesure,
Ce compliment tout seul me paye auec vsure.
Si peu que i'en ay fait n'est en particulier,
Que ce qu'en general eut fait tout caualier:
Mais, Madame, à propos, vous n'auez point de fille,
Trouuez bon, s'il vous plaist, que ie vous deshabille.

EMILIE.

Dieu m'en garde, vrayment i'aurois peu de raison
D'abuser d'vn valet de si bonne maison:
C'est vn raualement que vostre propre Reyne,
Dans son Escurial ne souffriroit qu'à peine.
Non, Monsieur, faites mieux, allez vous retirer,
La chandelle aussi bien n'a plus guere à durer:
Et vous aurez demain pour vostre apresdisnée,
La visite du soir que vous m'auez donnée.

ACTE TROISIESME.

SCENE IIII.

LE DVC SEVL.

Le Duc sort par la fenestre, & la toile se ferme.

HO! m'en voilà dehors: mais il faut aduoüer,
Qu'en cecy la fortune a voulu se joüer,
Et qu'on n'a iamais veu d'auanture amoureuse,
En tous ces incidents plus rare ou plus heureuse;
Qu'en vn mesme subiect i'ay veu de doux accords,
Des graces de l'esprit, & des beautez du corps.

Dieu! l'agreable vefue, ô qu'elle est rauissante!
Que son humeur me plaist, qu'elle est diuertissante:
Et qu'il est mal-aysé qu'au pres de tant d'apas,
On puisse auoir vn cœur & ne le donner pas.
Mais quoy, serois-tu bien si facile, ou si beste,
Que de borner ta gloire en sa seule conqueste.
Non, non, pousse ta pointe, & faits tant si tu peux,
Que l'autre vienne encore au poinct où tu la veux:
Que si la viue voix, & les soins ne le peuuent,
Que lettres dans la poche incessamment luy pleuuent.
Toutes & quantes-fois qu'elle te viendra voir,
Croy qu'vne bonne lettre a beaucoup de pouuoir.
Comme on la lit souuent, à force d'estre leuë,
Elle change l'esprit de la plus resoluë.
Si i'ay ces deux tresors, ie suis le plus heureux,
Et le mieux diuerty de tous les amoureux.
Fay donc, & ne crains pas que ton jeu se descouure,
Attendu que iamais l'vne à l'autre ne s'ouure.
Mais voicy force gents; c'est sans doute Almedor,
Ah! qu'il vient bien d'vn air à me railler encor.

SCENE

ACTE TROISIESME.

SCENE IIII.

ALMEDOR.

Onsieur, il a gelé, l'amour est refroidie,
Et bien qu'en dites-vous?

LE DVC.

Que veux-tu que i'en die?
Il est vray qu'vn fagot m'incommoderoit peu.

ALMEDOR.

Voire, vous vous mocquez, & l'Amour est tout feu;
Sa doubleure vaut mieux que marte, & que ratine.
Ne me donnez-vous point aussi la gabatine.
Ie vous treuue bien gay pour estre morfondu.
Dites la verité, vous estiez attendu?

LE DVC.

Comme toy.

ALMEDOR.

Neantmoins, ie vous tiens trop habile,
Pour auoir entrepris vn voyage inutile.

LE DVC.

Pour l'auoir entrepris à l'aduanture, bon:
Mais pour estre inutile, asseurément que non.

ALMEDOR.

Vous vous garderiez bien de dire le contraire,
Mesme à moy qui iamais n'ay pû vous en distraire.

LE DVC.

Comme vne Comedie a sauué mon amour,
Mon amour pourroit bien en causer vne vn iour:
Car s'en est vn subiect galand, comique, & rare,
Entre les plus parfaits dont la Scene se pare.

ALMEDOR.

Vous m'en feriez bien croire.

LE DVC.

Et bien, tout maintenant
Je t'en feray le compte en nous en retournant:
Et ne me croy iamais au cas que ie te mente.

ALMEDOR.

Allons donc, aussi-bien la froidure s'augmente.

Fin du troisiesme Acte.

LE DVC D'OSSONNE, COMEDIE DE MAIRET.

ACTE QVATRIESME.

SCENE I.

CAMILLE. OCTAVE.

CAMILLE.

VY la veufue Flauie, & la ſœur de Paulin.

OCTAVE.

La ſœur, la propre ſœur de ce traiſtre aſſaſſin,
Qui nous a voulu perdre.

CAMILLE.

Oüy, oüy, c'est elle-mesme.

OCTAVE.

Quoy! vous la cognoissez & l'aymez?

CAMILLE.

Et ie l'ayme.

OCTAVE.

En se mocquant.

Et depuis quand, Monsieur, vne si belle amour?

CAMILLE.

Depuis que ie la vis chez le Duc l'autre iour,
Où mon cœur, ie l'auoüe oubliant sa colere,
A cause de la sœur ayma quasi le frere.

OCTAVE.

A ce que i'en puis voir il n'est pas mal-aisé,
Apres vn grand affront de vous rendre apaisé.

En se mocquant,

Et c'est bien faict aussi; fi, fi des sanguinaires,
Qui ne pardonnent point, viuent les debonnaires.

Dont le bon naturel rend le bien pour le mal.

CAMILLE.

Il faut s'accommoder au ſens de ce brutal.
Octaue, en bonne foy, ſerois-tu bien ſi grüe,
De croire que la ſœur m'euſt donné dans la veüe,
Iuſqu'au point d'oublier le complot hazardeux,
Que le jalous de frere a fait contre tous deux.
Puis-je ſi toſt remettre vne injure ſi grande?
Ay-je ſi peu de cœur, di?

OCTAVE.

Ie vous le demande.
Qui le ſçait mieux que vous, ou le doit mieux ſçauoir?

CAMILLE.

Tu dis vray, c'eſt pourquoy ie vay te faire voir,
Qu'en la poſſeſsion des beautez de Flauie,
Le bien de la vengeance eſt ma plus douce enuie.

OCTAVE.

Vous ne l'aimez donc pas?

CAMILLE.

Non, mais ie feins expres.

D'en estre bien feru pour m'en moquer apres,
Et de toute sa race au cas que ie la dupe.

OCTAVE.

O puis que vostre amour ne vole qu'à la iupe,
Et que c'est vne embusche à toute la maison,
Ie ne dispute plus que vous ayez raison.

CAMILLE.

Vien-çà, cognois-tu bien vne certaine fille,
Qui les sert depuis peu?

OCTAVE.

N'est-ce pas Stefanille?

CAMILLE.

Oüy.

OCTAVE.

Nous nous cognoissons vn peu de longue main,
Pour auoir plus d'vn an mangé de mesme pain.

CAMILLE.

Et maintenant encor estes-vous bien ensemble?

OCTAVE.

Fort.

CAMILLE.

Tu me l'auois dit autrefois ce me semble:
C'est pourquoy i'ay pensé que par ton entregent,
On la pourroit gaigner auec vn peu d'argent;
Ces vingt ducas, & cent que tu luy peux prometre,
L'obligeront poßible à luy rendre vne lettre.

OCTAVE.

Faictes-la seulement.

CAMILLE.

C'en est faict, la voicy.
Et quand la verras-tu?

O TAVE.

Laissez-m'en le soucy.
Elle sort au matin pour aller à l'Eglise,
Ie n'auray qu'à l'attendre; à propos ie m'auise.
Qu'elle doit estre allée à la prouision,
Il est iour de marché, prenons l'occasion.

Je m'en vais de ce pas l'espier au passage:

CAMILLE.

Va donc, mon cher Octaue, & fais bien ton message.

ACTE QVATRIESME.

SCENE II.

CAMILLE.

IL croit asseurément que c'est pour me venger,
Dieu me garde pourtãt seulemẽt d'y songer.
Tel desir de vẽgeãce auroit mauuaise grace,
Et ne sçauroit tumber que dans vne ame basse.
Le seul honneur de sexe inuiolable & cher
A tout homme de cœur, m'en deuroit empescher.
Auec tous mes respects la haine fraternelle,
Luy rendra mon amour suspecte & criminelle.
L'affaire suruenuë entre Paulin & moy,
L'aportera d'abord au soupçon de ma foy.
Comme c'est toutesfois l'ordinaire des belles,
De croire volontiers qu'on soit amoureux d'elles.

Elle croira ſans doute auoir aſſez d'apas,
Pour m'obliger en fin à ne me moquer pas;
Et de ſa vanité tirant ſon aſſeurance,
Preſumera de tout contre toute apparence.
Comme qu'il en arriue, il vaut mieux hazarder,
Que rien perdre en amour faute de demander.
Dieu! que fais-tu, Camille? Eſt-ce ainſi qu'on oublie?
La foy promiſe eſt deuë à la pauure Emilie:
Ainſi donc ſon amour & ſa facilité,
Seront payez de fraude & d'infidelité?
Ah traiſtre! deſormais il faut que tu t'aſſeures,
Que le ſang que n'aguere ont verſé tes bleſſeures,
Tout celuy qui t'anime & qui t'en eſt reſté,
Ne te ſçauroit lauer de ta deſloyauté.
Mais ie ſuis bien exact, & bien nouice encore;
Quel crime aurois-je faict pourueu qu'elle l'ignore?
Car pour ma conſcience, il eſt tres-aſſeuré
Que ie l'ayme touſiours comme ie l'ay iuré.
Vn Amant à mon gré ſeroit bien ridicule,
Qui s'embaraſſeroit de ſemblable ſcrupule:
On n'eſt pas criminel enuers vne beauté,
Quand ſans rompre auec elle on ſuit la nouueauté.
,, Volontiers les conſtans qui n'ont qu'vne maiſtreſſe,
,, S'ils ont beaucoup de foy n'ont que fort peu d'adreſſe.

Ce qui leur fait treuuer le change hazardeux,
C'est qu'ils n'ont pas l'esprit d'en entretenir deux;
La constance est en eux vne vertu forcée,
Moins de gré bien souuent que de force exercée.
I'estime quant à moy qu'en pareilles amours,
On est fidelle assez, quand on ayme tousiours.
Bon si ie pretendois que la race future,
Vint lire apres ma mort dessus ma sepulture:
Le Phœnix des Amans est clos dans ce tombeau.
Ie ne demande pas vn eloge si beau,
Ny que mon amitié soit de si bonne marque,
Que celle par qui l'Aure illustre le Petrarque.
Si la chose est secrette elle ira tousiours bien,
Le moyen qu'elle en voye, ou qu'elle en sçache rien.
Le rang & la beauté dont ces deux sœurs se picquent,
Sont cause que iamais elles ne communiquent.
Et qu'estant d'vn esprit ialoux & deffiant,
Elles vont leurs deffaux l'vne & l'autre espiant.

ACTE QVATRIESME.

SCENE III.

STEPHANILLE. OCTAVE.

STEPHANILLE.

TV me pourrois dõner plus que mõ pesant d'or,
Si ie ne croyois bien que tu m'aymes encor,
Que ie ne prendrois pas la charge que i'ay prise,
C'est Octaue en cecy, non l'argent que ie prise.
Et pour t'en asseurer, vien-çà donne la main,
Ie veux que tout le jeu soit à moitié de guain.
Tien, voilà dix ducats, & dix que ie reserue,
Qu'importe à nostre Amant pourueu que l'on le serue;
Tout ce qui me viendra d'vne telle amitié,
Nous le partagerons par la belle moitié.

OCTAVE.

Grand mercy, ce n'est pas en cette seule affaire,
Que tu m'as faict du bien.

STEPHANILLE.

Causeur te veux-tu taire!

Nous ferions bien encor quelque chose de bon.

OCTAVE.

Il l'a faut endormir en effet, que sçait-on;
Aisément d'vne intrigue vne autre pourroit naistre:
Adjuste seulement ta maistresse & mon maistre,
Et croy qu'Amour vn jour, assemblant leurs maisons,
Ils nous feront du bien si nous leur en faisons:
Puis la chose arriuée au terme d'estre faicte,
Tu cognoistras alors combien ie la souhaitte.
Haste-toy seulement de rendre mon poulet,
Et d'obliger d'vn coup le maistre & le valet.

STEPHANILLE.

Tien-le pour tout rendu : mais au moins ie t'annonce,
Que ie ne promets pas d'en rapporter responce.
A peine en fera-t'elle; & tu peux bien penser,
Que ce ne sera pas manque de l'y pousser.
Voicy nostre logis, adieu donc; car ie tremble,
De crainte que quelqu'vn nous apperçoiue ensemble.
Repasse sur le soir à l'heure de souper,
Et ie te parleray si ie puis eschaper.

OCTAVE.

Ie n'y manqueray pas, elle auroit bien enuie
Qu'Octaue fiſt le ſot vne fois en ſa vie.
O qu'vne femme pauure eſt vn fardeau peſant!
Ma foy ie veux du bien, & du bien tout preſent.
La fille pauure & belle, à mon auis eſt née
Pour la reſioüiſſance, & non pour l'hymenée;
Qui ſelon le prouerbe eſt pire que l'enfer,
Quand au lieu d'eſtre d'or ſes chaiſnes ſont de fer.
Voicy venir mon maiſtre, vne grande embraſſade
Sera le moindre fruit qu'aura mon ambaſſade.

ACTE QVATRIESME.

SCENE IIII.

CAMILLE. OCTAVE.

CAMILLE.

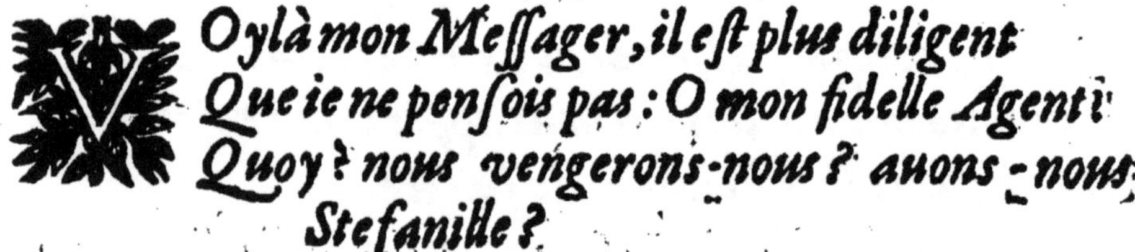

VOylà mon Meſſager, il eſt plus diligent
Que ie ne penſois pas: O mon fidelle Agent!
Quoy? nous vengerons-nous? auons-nous
Stefanille?

OCTAVE.

Monsieur, en verité c'est vne bonne fille,
Et qui merite bien que vous en faciez cas.

CAMILLE.

Tout à bon, cependant elle a pris mes ducas.

OCTAVE.

Vos ducas, ah! fort bien, mais qu'il ne vous déplaise.

CAMILLE.

Déplaise, tant s'en faut, c'est que i'en suis bien aise,
Et si par auanture elle en eust faict refus,
I'allois estre fasché si iamais ie le fus:
Car auec cét argent par où tu me langages,
C'est vn esprit à moy, puis qu'il est à mes gages.
Et quand t'a-t'elle dit que tu la pourrois voir?
Dans demain?

OCTAVE.

Bien plutost, aujourd'huy sur le soir.

CAMILLE.

Vengeons-nous s'il ſe peut, Octaue, en diligence;
C'eſt vn friand morceau qu'vne prompte vengeance.

OCTAVE.

Bon pour vous qui poſsible auez deſià diſné:
Mais pour voſtre valet qui n'a pas desjeuné,
Croyez-moy qu'vn chapon auec vn bon potage,
Et fuſt-ce à vos deſpens, luy plairoit d'auantage.

CAMILLE.

Allons, c'eſt la raiſon qu'vn long & bon repas,
Au moins attendant mieux recompenſe tes pas.

ACTE QVATRIESME.

SCENE V.

HORACE. EMILIE.

HORACE.

Ma fille, auparauant que personne suruiēne,
Tirōs-nous à l'escart, que ie vous entretiēne
Du sujet pour lequel i'estois venu vous voir,
Et qu'il est important de vous faire sçauoir.
Possible ignorez-vous ce que ie viens d'apprendre,
Touchant le bel exploit de mon brutal de gendre.

EMILIE.

Hé! Monsieur, qu'en dit-on?

HORACE.

Entre les médisans
Le bruit court, & sur tout parmy les courtisans,
Qu'il a dessus Camille exercé sa vengeange,
Pour le croire auec vous de bonne intelligence,
Et qu'vn vieux reliquat de haine de maison
En est bien le pretexte, & non pas la raison.

EMILIE.

EMILIE.

Moy bien auec Camille; ô l'imposture estrange!
Ainsi donc ce meschant sur mon honneur se vange.
Ha! Mansieur, montreZ-moy ce serpent odieux,
Je luy veux arracher & la langue & les yeux.
Non, il faut que la femme ayt cette lasche vie,
Que le mary deuroit auoir desia rauie,
Pour oster à la terre vn monstre si maudit.

HORACE.

Pourquoy iuger d'abord que c'est luy qui l'a dit:
Et puis tousieurs la Court de medisans fourmille,
C'est peut estre aussi-tost quelqu'vn de sa famille.
Pour moy si i'en auois le plus foible soupçon,
Ie vous en parlerois tout d'vne autre façon.
Vous estes innocente, ou vous le deueZ estre.
Mais il importe encor de le faire parestre.
Sur tout que rien de vous n'esclate à l'auenir,
Par où ce mauuais bruit se puisse entretenir.
Adieu, songeZ ma fille à vostre renommée.

ACTE QVATRIESME.

SCENE VI.

EMILIE.

COmme le feu d'amour n'est iamais sans fu-
mée,
Et que i'esprouue bien qu'vn intrigue est
fort mal
Entre les mains d'vn grand qui de plus est riual:
Car en tant que riual l'interest qui le touche,
Indubitablement luy fait ouurir la bouche.
Et d'ailleurs comme grand il ne sçauroit durer,
Qu'il n'ait vn confident à qui se declarer.
Si bien qu'il ne se peut que les vns ou les autres,
N'esuentent tost ou tard leurs secrets & les nostres.
C'est du Duc sans faillir que ce bruit est venu,
Dieu vueille seulement qu'il s'en soit là tenu.
S'il arriue qu'il die, ou qu'il ayt dit le reste,
Auec sa lascheté ma honte est manifeste.
Car si ma belle-sœur en a le moindre vent,
Elle aprofondira l'affaire plus auant.

Et pour peu qu'elle en ſçache elle a trop de matiere,
Pour ne deſcouurir pas l'intrigue toute entiere.
Voicy qui va fort mal; mais ie me mocque d'eux:
J'ay dequoy me ſauuer, & les ioüer tous deux.
Ie vay rendre ma ſœur tellement eſbloüye,
Par la ſubtilité d'vne fourbe innoüye;
Que meſme au pis aller quand le Duc diroit tout,
Ie ne ſçaurois manquer de me treuuer debout.
I'eſtime neantmoins ſon ame trop bien née,
Pour me ſcandaliſer apres ſa foy donnée.
Luy de qui les poulets tous les iours me font voir
Les plus fidelles ſoins d'vn amoureux deuoir.
N'importe à tous hazards le tour que ie medite,
Ne ſçauroit nuire au moins, au cas qu'il ne profite.

ACTE QVATRIESME.

SCENE VII.

FLAVIE. STEPHANILLE.

FLAVIE.

La bonne heure en fin vous voilà reuenuë ;
N'est-ce que le marché qui vous a retenuë ?
Vrayment pour faire mieux vous y deuiez coucher.

STEPHANILLE.

Madame, en verité c'est que tout est si cher,
Qu'on n'oseroit quasi regarder la viande,
Si l'on n'en veut donner tout ce qu'on en demande.
Les poulets, les chapons, les ramiers, les perdrix,
En vn mot la vollaille est toute hors de prix.
Pour moy ie voudrois bien qu'on reglast ce desordre,
Et vrayment la police y deuroit vn peu mordre.

FLAVIE.

C'est dommage en effect que vous n'auez pouuoir,
De reformer l'estat, mais aprochez vous voir.

Qu'auez-vous dans le sein? c'est vne lettre close:

STEPHANILLE.

Ie sçauois bien qu'encor i'oubliois quelque chose,
C'est vn papier pour vous.

FLAVIE.

Et qui vous l'a donné?

STEPHANILLE.

Vn homme assez bien fait vestu d'vn drap tané;
Que ie ne pense pas auoir veu de ma vie:
Vous estes, ma-t'il dit, à Madame Flauie.
Si tost qu'à son logis vous serez de retour,
Donnez-luy cette lettre auecques le bon-iour.

FLAVIE.

N'est-ce point de mon frere?

STEPHANILLE.

Il m'a dit, à la lire,
Elle sçaura que c'est sans qu'il faille le dire.

FLAVIE.

Donnez-moy des ciseaux, il faut voir ce que c'est:

STEPHANILLE.

Bon, à ce que ie voy la matiere luy plaist.

FLAVIE.

Venez-çà, si iamais vous estes si hardie,
Quoy que l'on vous promette, et quoy que l'on vous die,
De me rien aporter qui ne soit de bon lieu;
Croyez que sur le champ nous nous dirons adieu.

STEPHANILLE.

Madame, n'ayez peur que iamais il m'arriue,
De receuoir pacquet de personne qui viue.
Vn Prince m'en prieroit que ie n'en ferois rien,

FLAVIE.

Non, si vous m'en croyez, & vous ferez fort bien;
Allez moy cependant querir de la chandelle.

Stephanille r'entre.

ACTE QVATRIESME.

SCENE VIII.

FLAVIE.

Ie feray sagement de feindre deuant elle:
Que sçay-ie si ce lasche et mercenaire esprit,
N'a point esté gaigné par celuy qui m'escrit.
Camille a pour Flauie vn amour veritable,
Si cette lettre en est la preuue indubitable.
Et si son compliment de chez le vice-Roy,
Peut auec ses regards m'asseurer de sa foy.
En effect i'y cognus au trouble de son ame,
Les premieres ardeurs de sa naissante flame.
Ses yeux dessus les miens à tous cous attachez,
Me descouuroient quasi ses sentimens cachez.
Et ie me ressouuiens que ie dis en moy-mesme,
Ie me trompe bien fort si cét homme ne m'ayme.
Ce papier est tousiours vn tesmoignage seur,
Q e ie ne cede pas aux beautez de ma sœur.
Puis que tous ces captifs pour bien qu'elle les tienne,
Sortent de sa prison pour entrer dans la mienne.

Oüi mais il hait mon frere, & peut-estre aujourd'huy
Voudroit-il m'attraper pour se venger de luy?
Que sçait-on si ma sœur est de l'intelligence?
Ce n'est pas vn soupçon digne de negligence?
En tout euenement ie puis tousiours garder
Ce poulet, sans scrupule, & sans rien hazarder,
Pour voir en temps & lieu sa beauté confonduë,
S'il arriuoit qu'vn iour elle fist l'entenduë.
Deschire cependant, & brusle à petit feu
Ce papier supposé.

Elle brusle vn autre papier

STEPHANILLE.

Vrayment ce n'est pas jeu,
Elle est, ou fort discrete, ou fort scandalizée.

FLAVIE.

Allez, vne autre fois soyez plus auisée,
Sinon,

STEPHANILLE.

Si i'a y failly, Madame, excusez-moy,
Tout ce que i'en ay faict c'est à la bonne foy.

SCENE

ACTE QVATRIESME.

SCENE IX.

FLAVIE.

SI Camille en sa lettre vne embusche me dresse,
Mon procedé me sauue & trompe son adresse.
Et d'ailleurs s'il me parle en veritable amant,
I'aporte à ma conduite vn tel temperament;
Que sans nourrir la flame ainsi que sans l'esteindre,
Ie le laisse au pouuoir d'esperer & de craindre.
Non quand il m'aimeroit plus que parfaictement,
Qu'il soit favorisé d'vn regard seulement:
Mais sans me declarer ie consens qu'il espere,
Pour le mal de ma sœur & le bien de mon frere;
Veu qu'ordinairement à cause de la sœur,
On en traitte le frere auec plus de douceur.

ACTE QVATRIESME.

SCENE X.

FLAVIE. EMILIE.

EMILIE.

Emilie vient pour tromper sa sœur.

BOnne mine: sur tout faisons bien la faschée,
Que faictes vous ma sœur, estes-vous em-
Vous troubleray-je point? [peschée?

FLAVIE.

Nenny ma sœur, pourquoy?
Est-ce que vous voulez quelque chose de moy?

EMILIE.

Ouy, c'est de vos conseils que ie veux l'assistance,
Sur un faict de tres-grande & commune importance.
Que sans trop de hazard ie ne puis vous celer,
Comme vous entendrez:

FLAVIE.

Vous n'auez qu'à parler.

EMILIE.

Qu'on treuue peu de grands dont la vertu soit pure,
Et qu'ils ne prestent guere vn bien-fait sans vsure.
Ce n'est pas sans suiet que ie vous dis cecy:
Car enfin c'est pourquoy vous me voyez icy.
Croiriez-vous que ce Duc qu'on tient si magnanime,
D'vne belle action en voudroit faire vn crime;
N'oblige vostre frere & ne nous fait du bien,
Qu'à dessein de rauir mon honneur & le sien.
I'ay creu que le silence à la fin m'eust pû nuire,
Et que vous m'apprendriez cõme il faut m'y cõduire.
Si quelque autre que luy s'y vouloit hazarder,
Ie sçay bien de quel air i'y deurois proceder.
Il n'est endroit du monde où ses lettres n'arriuent,
I'en rencontre par tout, par tout elles me suiuent.
Ie ne m'en puis deffendre, et mesme ce matin,
Vne s'est rencontrée au fond de mon patin.
Il faut qu'il ait gaigné vostre fille ou la mienne:
Car, de quelle autre part soupçonner qu'elle vienne?

FLAVIE.

Il est donc bien subtil?

EMILIE.

Ouy d'asseurance il l'est,
Et pour vous le monstrer vous verrez, s'il vous plaist,
Que iamais ses poulets n'ont eu cire ny soye,
Afin que malgré moy ie les garde & les voye.

FLAVIE.

Puis-je voir comme il chante en celuy d'aujourd'huy?

EMILIE.

Ie vous en vais querir plus de six auec luy.

ACTE QVATRIESME.

SCENE XI.

FLAVIE.

VOilà ma desfiance en effect conuertie,
C'est assez seulement que i'en sois auertie.
Ha! si comme ie pense il m'a joüé ce tour,
Foy de femme irritée, à beau jeu, beau retour.
L'occasion me donne vn sujet assez ample,
De luy rendre son change, & tromper par exemple;

Sans respect ny raison qui m'en puisse exempter,
Dés que l'occasion s'en voudra presenter.
On se venge deux fois quand la vengeãce est prompte.
Et puis mon frere mesme y trouuera son compte.
Vrayment, Monsieur le Duc, il faut vous inciter,
Et tel n'y songe pas qui doit en profiter.
Si ma sœur ne suffit, cajolez-en vingt autres,
Vous auez vos desseins, & nous auons les nostres.
Il n'est Duché, Grandeur, ou vice-Royauté,
Qui m'oblige à souffrir vostre desloyauté.
N'ayez peur qu'il m'en couste vn souspir, vne larme,
N'y que i'aille esprouuer en vous faisant vacarme,
Iusqu'où va le dépit joint à la vanité,
D'vn homme qui peut nuire auec impunité?
Ie craindrois que brisant la chaisne qui nous lie,
Le bruit s'en entendist par toute l'Italie.
Nostre amour est de ceux qu'on doit faire durer,
Ou bien qu'il faut descoudre & non pas deschirer.
Ma sœur d'autre costé croit m'auoir endormie,
Auec sa confidence & fausse preud'hommie.
Mais elle deuoit donc m'endormir cette nuict,
Que la monstre du Duc m'esueilla de son bruit.
Alors me dérobant & la veuë & l'oüye,
Peut-estre qu'à cette heure elle m'eust esbloüye.

En fin à me tromper tous deux sont contre moy,
Et moy contre tous deux, que chacun songe à soy.
Si ma sœur a le Duc, i'ay Camille en eschange;
Ainsi d'vn inconstant vn inconstant me venge.
Si bien que le seul point à quoy ie dois songer,
C'est de me venger tost, & de me bien venger.
Il me faut sous couleur de nostre confidence,
Tromper cette trompeuse auec son impudence:
Et viuant desormais plus familierement,
Faire tant qu'elle et moy couchions separément.
Ie n'y manqueray pas, mais auant toute chose,
Prend garde que ma sœur en cecy ne t'impose.
I'ay deux lettres du Duc, escrites de sa main,
Qui rendront au besoin son artifice vain.
Vrayment elle en aporte vne pleine poignée.

ACTE QVATRIESME.

SCENE XII.

EMILIE.

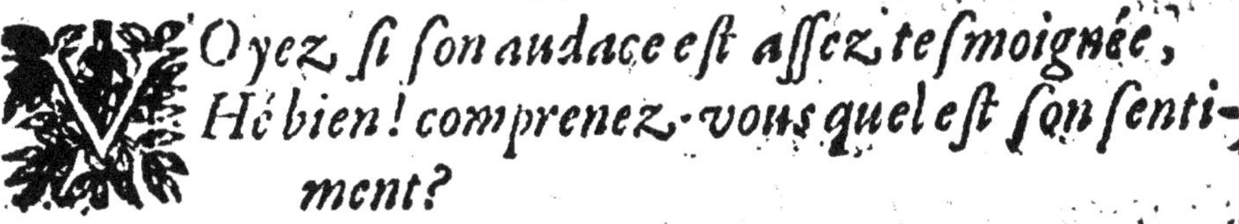

VOyez si son audace est assez tesmoignée,
Hé bien! comprenez-vous quel est son sentiment?

FLAVIE.

Ie le dois bien comprendre, il parle clairement.

EMILIE.

N'estoit, comme i'ay dit, que c'est le Duc d'Ossonne,
Ie m'y conduirois bien sans l'aduis de personne.
Mais dautant que c'est luy ie m'y veux gouuerner,
Suiuant l'ordre prefix que vous m'allez donner.

FLAVIE.

Vous vous mocquez ma sœur, c'est de vostre prudẽce
Que ie prendrois auis en pareille occurrence.
Vous auez vn esprit qui ne peut mal agir,
Et par l'ordre duquel ie me voudrois regir.

EMILIE.

Vous vous mocquez bien mieux de parler de la sorte,
Sur vn fait serieux, qui mesme vous importe.

FLAVIE.

Puisque vous voulez donc venir à mon conseil,
Comme i'irois au vostre en vn suiet pareil,
Pour conseruer mon bien auec ma renommée,
Ie viurois auec luy comme à l'accoustumée.

Fuyant en mes rigueurs le trop ou le trop peu,
De crainte d'attiser, ou d'esteindre son feu.
Nous pourrons cependant, si cette humeur luy dure,
User en autre temps d'une autre procedure.
Or puis que i'ay de vous un depost important,
Ie vous en veux rendre un qui vaudra bien autant.

Elle luy monstre la lettre de Camille.

Lisez-moy ce papier, où vous allez cognoistre
La plus bizarre amour qu'on ait iamais veu naistre.

EMILIE.

Ha le traistre!

FLAVIE.

Elle en tient, la prude en a pali;
A vostre auis, ma sœur, n'est-il pas bien joli?
Quand il m'adoreroit, il est bien ridicule,
De s'estre imaginé que ie sois si credule.

EMILIE.

Et pourquoy? des objects moins aymables que vous,
Sans charme & sans miracle ont faict de plus grands cous.
Ie le mettrois au rang de mes moindres conquestes;

FLAVIE.

Oüi si ie me croyois belle comme vous estes.

Mais

Mais enfin soit qu'il m'ayme, ou se mocque de moy,
Il nous en faut vser comme du vice-Roy.
Ainsi de la façon qu'on m'y verra conduire,
Il peut nous obliger, & ne sçauroit nous nuire.
Qu'est-ce?

STEPHANILLE.

Un Page du Duc vous demande là bas;

FLAVIE.

Ne bougez, s'il vous plaist, ie ne tarderay pas.
Ie me doute à peu prés de ce qu'il y vient faire,

EMILIE.

Ne vous mãde-t'il point pour traitter nostre affaire?

FLAVIE.

Quant à moy ie le pense, & croy qu'asseurément,
Nous y rencontrerons nostre nouuel amant.

ACTE QVATRIESME.

SCENE XIII.

EMILIE.

HA le traistre! ha l'ingrat! le lasche, l'infidelle;
De l'imperfection le plus p. rfaict modelle.
Il mesprise vn thresor auecques lascheté,
Parce qu'il en iouït sans l'auoir acheté.

Va, ta faute m'oblige, elle m'a dispensée,
De la foy que iamais ie ne t'aurois faussée.
Sans ton ingratitude il falloit malgré moy,
Que la mienne durât enuers le Vice-Roy.
Oüy, desloyal Camille, il falloit que ta faute,
Me fist recompenser vne vertu si haute.
Non, non, ie tiens à toy par des nœuds assez forts,
Pour ne m'en destacher qu'auec beaucoup d'efforts.
Ie tiens ton naturel si meschant & si lasche,
Que ie crains ton despit au cas que ie te fasche.
Mais c'est qu'à l'auenir ie te verray si peu,
Que le temps, sans scandale, esteindra nostre feu.
Puis ie me vengeray si tost que la fortune,
M'en fera reuenir la saison oportune.
Et ie laisse à iuger à tous les moins expers,
Si ce que i'acquerray vaudra ce que ie pers.
Mais, ô Dieu! qu'est-ce cy? quelle merueille estrãge!
Camille pour ma sœur, court aux apas du change.
L'infidelle me trompe, & ie voy son peché;
Mon esprit toutesfois en est si peu touché,
Que la seule douleur que mon ame ayt soufferte,
Vient de son changement, et non pas de sa perte.
Veu que rien ne me picque en sa desloyauté,
Que le visible afront qu'il fait à ma beauté.

Suis-ie encore Emilie, ou comme eſt-il poßible,
Qu'à cette trahiſon ie ſois ſi peu ſenſible ;
Où ſont tant de fureurs qui pour ma gueriſon,
Me deuroient mettre en main le fer & le poiſon.
Ce miracle, Emilie, eſt facile à comprendre ;
C'eſt l'Amour qui le fait & qui vient te l'aprendre.
Le Duc ma ſi long-temps ſes ſoins continuez,
Que les miens pour Camille en ſont diminuez ;
Et qu'inſenſiblement ſon merite & ſa grace,
Ont trouué dans mon cœur vne außi bonne place.
De là procede en moy l'inſenſibilité,
Où me trouue auiourd'huy ſon infidelité.
Autrement la douleur d'vn ſi ſenſible outrage,
M'auroit emply l'eſprit de fureur et de rage.
Cependant, ô meſchant ! les Cieux me ſont teſmoins,
Que la grandeur du Duc, ſon merite & ſes ſoins,
M'euſſent peut-eſtre eſmeuë ; & non pas eſbranlée,
Iuſqu'à rompre la foy que tu m'as violée.
Sus donc, puis qu'il te plaiſt, ſuiuons le changement,
Toy par ingratitude, & moy par iugement,
Ce n'eſt pas, apres tout eſtre loing de ſon compte,
Que d'acquerir vn Duc par la perte d'vn Comte.

ACTE QVATRIESME.

SCENE XIV.

FLAVIE.

C'Est ce que iustement nous auons deuiné,
Que le Duc nous attend dés qu'il aura disné,
Et que nostre partie a promis de s'y rendre,
Attendons-les plus tost que de les faire attendre;
Ie songe icy, ma sœur, que nous aurions grand tort,
De nous contraindre en rien estant si bien d'accord.
Il est vray comme enfin la foiblesse de l'âge,
Fait que les vieilles gens ont tousiours de l'ombrage,
Que mon frere en partant m'auoit sur tout enjoint,
De coucher auec vous, & ne vous quitter poinct.
Mais cette iniurieuse & dure compagnie,
Tient trop de l'esclauage & de la tyrannie.
Et puis vostre vertu m'est en si bonne odeur,
Que ie n'en puis qu'à tort soubçonner la candeur.
Si nous couchions par fois non pas tousiours ensemble,
Nous en dormirions mieux vous & moy ce me semble:
Car ie treuue à mon gré qu'il n'est rien de pareil,
Aux plaisirs de dormir d'vn paisible sommeil.

Ny qui nostre embonpoint dauantage entretienne.

EMILIE.

Vostre commodité sera tousiours la mienne.

FLAVIE.

Vous aurez cette chambre & ce lict que voilà,
Pour moy ie passeray dans celle de delà.
Ainsi ce cabinet fait pour l'vne & pour l'autre,
Un passage secret de ma chambre à la vostre:
Prenons donc dés ce soir nostre commun repos.

EMILIE.

O que pour me venger cecy vient à propos!
Ma fourbe a reüssy, ma sœur croit que ie l'ayme,
Et que ie suis l'honneur & la sagesse mesme.
Pour le Duc quoy qu'il die ou qu'il ait desia dit
S'apellera tousiours medisance ou despit.

Fin du quatriesme Act

LE DVC D'OSSONNE, COMEDIE DE MAIRET.

ACTE CINQVIESME.

SCENE I.

CAMILLE. OCTAVE.

OCTAVE.

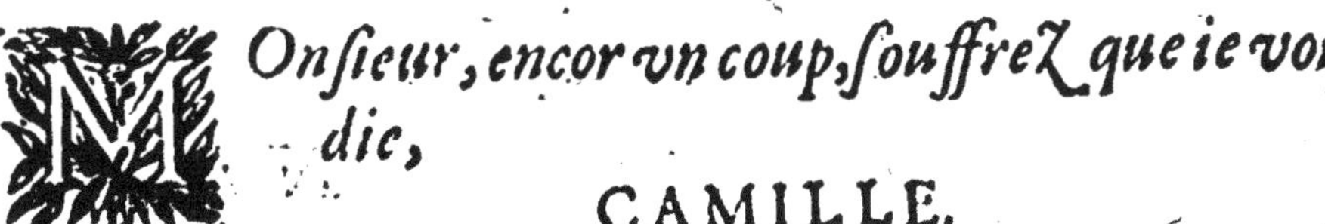

Onsieur, encor vn coup, souffrez que ie vous dic,

CAMILLE.

Quoy?

OCTAVE.

Que vostre entreprise est vn peu bien hardie,

CAMILLE.

Mais nous nous vengerons :

OCTAVE.

Ouy, mais sans vous venger,
Vous pourriez bien vous mettre en vn second danger.
Songez à quel peril s'expose vostre vie;
Vous allez seul, de nuict, & de plus chez Flauie;
Pour moy ie vous le dis, ce rendez-vous si promt,
Me fait craindre pour vous quelque sanglant affront.
La place à mon auis s'est trop peu deffenduë,
Pour croire que sans fraude elle se soit renduë.
Et ie ne comprens point comme si promptement,
Elle veuïlle vous voir en qualité d'Amant.

CAMILLE.

Il est vray qu'en effect la chose est si soudaine,
Que cela suffiroit à me tenir en peine;
N'estoit qu'elle a voulu s'expliquer par escrit,
Pour me donner suject de m'asseurer l'esprit:

OCTAVE.

Et qui sçait si la lettre est de son escriture?

CAMILLE.

Moy qui parfaictement cognois sa signature,
Elle a tantost escrit deuant le Vice-Roy,
Sur l'accommodement de son frere & de moy.
Peut-estre par ce traict, hors de toute apparence,
Elle veut esprouuer si i'ay de l'asseurance.
Parauanture aussi me veut-elle flater,
Pour le bien de Paulin à qui ie puis l'oster.
Enfin, quoy qu'il en soit, la pierre en est iettée,
I'iray, quand ma ruyne y seroit arrestée.
C'est pourquoy laisse-moy, car ie ne voudrois pas
Qu'elle vist que quelqu'vn accompagnast mes pas.
Or voiçy la fenestre & la petite grille,
Où ie dois rencontrer Flauie & Stephanille.
Faisons donc le signal qui nous peut descouurir.

ACTE CINQVIESME.

SCENE II.

CAMILLE. STEPHANILLE.

STEPHANILLE.

Onsieur ne siflez plus ie m'en vais vous ouurir.

CAMILLE.

Courage iusqu'icy tout va le mieux du monde,
Dieu veuille seulement que le reste y responde.
Bon-soir mon cœur.

STEPHANILLE.

Monsieur, Madame m'auoit dit,
Que ie vous fisse entrer à la ruelle du lict.
Mais sa sœur par malheur est encore auec elle,
Je puis bien cependant vous mener sans chandelle
Dedans son cabinet affin d'y demeurer,
Iusqu'à tant qu'elle ou moy vous en venions tirer.
Non non ne craignez rien, venez la chose est seure,
Vous pouuez aisément dedans vne enfonseure

Dont la tapisserie oste la veuë à tous.
Ou vous aurez à craindre aussi peu que chez vous.
Suiuez moy seulement ie seray vostre escorte.

CAMILLE.

Ie le veux?

STEPHANILLE.

Allez donc m'attendre sur la porte.

ACTE CINQVIESME.

SCENE III.

OCTAVE seul.

SI ie pouuois sa perte au besoin empescher,
Ie gellerois plus tost que de m'aller coucher.
Mais si l'on veut le perdre il est biẽ difficile,
Qu'il puisse auoir de moy qu'vn secours inutile.
Dieu quel aueuglement! afin de se venger,
Il se iette luy mesme au milieu du danger.
Mais puis qu'il la voulu quoy qu'on ait pû luy dire,
Qu'il s'en sauue s'il peut, pour moy ie me retire.

ACTE CINQVIESME.

SCENE. IIII.

LE DVC D'OSSONNE.

A La fin Emilie apres tant de remises,
M'accorde les faueurs à mon amour promises.
Enfin cette Beauté s'est desfaicte pour moy,
De ces fantosmes vains de constance & de foy.
Mais voicy le logis; bon l'eschelle est perduë,
Allons baiser la main qui nous l'a descenduë.

Il entre par la fenestre du cabinet où est Camille.

SCENE V.

CAMILLE.

Flauie paroist, & dans l'obscurité prend le Duc pour Camille, & le mene à sa chambre.

Ce commerce incognu me donne à soupçonner,
Ne m'a-t'on mis icy que pour m'assassiner.
Que veut dire cét homme entré par la fenestre,
Si ie ne suis troublé, i'ay bien sujet de l'estre.
En effet c'est vn lieu suspect de trahison,
Qui n'auroit point de peur n'auroit point de raison.

Qu'en cette extremité ie suis digne de blasme,
De m'estre icy rendu sur la foy d'vne femme !
Et d'vne femme encor qui dauantage est sœur,
D'vn traistre qui voudroit m'auoir mangé le cœur.
Mais quoy qu'õ me prepare, & quoy qu'il m'en arriue,
Je suis trop loin en mer pour regaigner la riue.
Ne bouge, au pis aller si ie suis mal traicté,
Je pourray deualer par où l'autre est monté.

ACTE CINQVIESME.

SCENE VI.

EMILIE. CAMILLE. FLAVIE.
LE DVC. STEPHANILLE.

EMILIE

Icy Emilie paroist dans sa chambre, prestant l'oreille à la cloison de celle de Flauie, où le Duc & elle sont.

Lus i'aproche du mur mon aureille attẽtiue,
Plus le trouble s'esleue en mõ ame craintiue.
Dieu! que la voix du Duc se discerne aisé-
ment,
Quoy que ma sœur & luy parlent confusément.
Ha nuict ! funeste nuict ! ah femme mal-heureuse,
Descouuerte & perduë aussi-tost qu'amoureuse!

Helas! que mon honneur est bien à l'abandon;
Mais courons vistement luy demander pardon.
Auec tous les respects d'vn cœur qui s'humilie.

Emilie passe auec le flambeau de sa chambre par le cabinet.

CAMILLE.

On vient ouurir la porte; ô Dieu! c'est Emilie.

EMILIE entrant dans le cabinet.

Ho, ho, mon Caualier; que faictes-vous icy?

CAMILLE.

Ie suis venu vous voir.

EMILIE.

me voir?

CAMILLE.

oüy.

EMILIE.

grand mercy.
Repassons dans ma châbre; Or çà, ie vous demande?
Qui vous a fait venir sans que ie vous le mande?
Il s'estonne! acheuons de luy taster le pous.

Qui vous a fait entrer?

CAMILLE

Qui? qui? ce n'est pas vous.

EMILIE.

Non, c'est plustost ma sœur que vous trouuez si belle;
Pourquoy rougissez-vous quand ie vous parle d'elle?
Hé bien, bien, apprenez qu'on sçait tout à la fin,
Et que pour me tromper il faut estre plus fin.
Oüy Camille, oüy trompeur, nous sçauons vostre vie,
Comment, & de quelle encre on escrit à Flauie.
Les baisers d'vne veufue auront plus de saueur,
Aymez-les; mais aussi pour derniere faueur,
Perdez le goust des miens, dont vous fustes indigne.

CAMILLE.

Madame, il est trop vray que ma faute est insigne:
Mais auecque serment de n'y plus retourner,
Ie vous prie à genoux de me la pardonner.

EMILIE.

Ne me demandez point de pardon, ny de grace,
Que vous ne m'ayez dit comme le tout se passe.

CAMILLE.

Aujourd'huy chez le Duc me tirant à l'escart,
Sur le poinct qu'auec luy vous parliez d'autre part :
Elle m'a mis en main ce poulet, elle-mesme;
Il luy monstre la lettre de Flauie.
Et m'a dit, à ce soir ie verray si l'on m'ayme.

LETTRE DE FLAVIE.

SI vous m'aymez autant que vous voulez que ie le croye, rendez vous cette nuict sous ma fenestre, où Stephanille, ou moy, ne manquerons pas de vous receuoir; ne vous estonnez pas de ma resolution, i'ay des raisons qui me font precipiter le terme de nostre entreueuë.

EMILIE.

Voilà ce qu'au besoin il me falloit sçauoir,
Pour destourner le coup que i'allois receuoir.

CAMILLE.

Vous me pardonnez donc?

EMILIE.

Oüy da, ie vous pardonne,
Vostre lettre pourtant fera ma cause bonne.

Elle appelle Flauie, qui est dans sa chambre auec le Duc.

Ho, ma sœur, s'il vous plaist, que ie vous die vn mot.

CAMILLE.

Qu'ay-je fait? i'ay grand peur que ie passe pour sot.

FLAVIE.

Que veut ma sœur? sans doute elle a treuué mõ hõme.

CAMILLE.

O Dieu! que de bon cœur ie voudrois estre à Rome.

EMILIE.

Tenez, c'est vn poulet de vostre seruiteur;
Que si vous en doutez, en voilà le porteur.

FLAVIE.

Je m'en vais dans ma chambre essayer d'y respondre.

CAMILLE

Ah Madame! me perdre, afin de la confondre.
Voire, à quoy bon celà?

EMILIE.

Vous l'allez voir, à q[illegible]?
I'ayme mieux, apres tout, la confondre que moy.

FLAVIE.

FLAVIE.

Flauie ameine le Duc.

Marchez donc, Stephanille, auec vostre lumiere;
Monsieur, que pour ce coup ie passe la premiere.
Ma sœur, Monsieur le Duc vous vient voir vn peu tard;
Ie dis vous, car pour moy i'ay mes honneurs à part.
Pour vous faire treuuer sa visite meilleure,
Ie l'esloigne pour vous de la mode & de l'heure.

EMILIE.

A la personne pres, & la condition,
Vous auez à Monsieur mesme obligation.

Monstrant Camille.

FLAVIE.

Et vous, qui faites tant la prude & la discrete,
Il vous en a luy-mesme vne bien plus estrette.
Mais à d'autres, ma sœur, que sert-il de ruser?
Ce n'est pas deuant moy qu'il se faut desguiser.

STEPHANILLE.

Quel mystere est-cecy? quelle estrange aduenture.
Les voilà plus muets que des gens en peinture.

LE DVC.

Ha! veritablement il nous faut aduoüer,
Seigneur Camille & moy qu'on nous vouloit joüer.

P

Mesdames iusqu'icy i'auois creu que les belles
Ne s'acqueroient iamais le tiltre d'infidelles.

FLAVIE.

Infidelles; comment? est-il fidelité
Capable de souffrir vostre legereté?
Quoy! nous vous garderons inuiolable & sainte,
La mesme loy d'amour que vous auez enfrainte?
Quoy! nous nous picquerons d'auoir iusqu'au trespas,
La foy que vous preschez & que vous n'auez pas?
Comme si de tout temps il n'estoit pas loisible,
De punir par la fraude vne fraude visible.

EMILIE.

De fait, c'est le secret en matiere d'amy,
A courage infidelle, infidelle & demy.

LE DVC.

Comte, donnons leur donc, pour euiter querelle,
Cette legere faute au sexe naturelle.
Ou bien, puis qu'entre nous le scandalle est egal,
Entre-concedons nous vn pardon general.

FLAVIE.

C'est à dire, Messieurs, qui nous doit nous demande,

LE DVC.

Faut-il que le battu paye encore l'amende?
Hé bien, Camille & moy sommes à vos genous.

FLAVIE.

Qu'en dittes-vous ma sœur, leur pardonnerons nous?
Quant à moy ie conclus à la misericorde.

EMILIE.

J'y conclus donc aussi.

STEPHANILLE.

Voilà comme on s'accorde.
D'autant mieux que donnant ce pardon amoureux,
Vous faictes bien pour vous autant comme pour eux.

FLAVIE.

Allez, nostre bonté vostre crime surpasse.

LE DVC.

Souffrez donc qu'vn baiser confirme nostre grace.

EMILIE.

Parlant à Camille.

Pour vous, apres Monsieur, qui seul fait vostre paix,
Remerciez ma sœur du bien que ie vous fais;
Parjure incomparable, entre tous les parjures.

LE DVC.

Quoy vous passez si tost du bien-fait aux injures?
Mesdames, s'il vous plaist, que ce qui s'est passé,
Soit pour nostre memoire vn portraict effacé.
Nous voulons desormais dans nostre intelligence,
Vous oster tous sujets de plainte & de vengeance.

CAMILLE.

I'auouë ingenument que i'ay bien merité,
De souffrir iusqu'au bout de sa seuerité:
Mais le regret que i'ay de ma faute passée,
Merite bien aussi qu'elle soit effacée.

LE DVC.

Là, là, n'en parlons plus, nous voilà tous absous;
La paix est faitte, allons bras dessus, bras dessous.

STEPHANILLE.

O la plaisante paix! c'est vne paix fourrée,

FLAVIE.

Elle luy parle à l'oreille.

Stephanille, escoutez, ---- la ronde, ou la quarrée.

LE DVC.

Or puis que de riuaux nous sommes confidents,
Que nous ne craignons rien, ny dehors, ny dedans,
Ne songeons desormais qu'à faire bonne chere,
Et changeons la fenestre à la porte cochere.

FLAVIE.

Hé bien ! pour cõmencer nous sommes aux iours gras,
Ie pense auoir ceans d'excellent hypocras.
Irons-nous dans ma chambre entre les confitures,
Dire le petit mot dessus nos auentures?

LE DVC.

Si vous auiez encor de certains abricots ;

FLAVIE.

Nous vous en fournirons encore quelques pots.

LE DVC, à Emilie.

Bon, irons-nous Madame ?

EMILIE.

Allons, à moy ne tienne.

FLAVIE.

Attendez, s'il vous plaist, que ma fille reuienne.

Elle est allée en bas preparer ce qu'il faut,
Pour la solemnité du festin d'icy haut.

STEPHANILLE.

Messieurs, vous pouuez bien remettre la partie,
Et danser pour le soir vn branste de sortie:
C'est qu'il faut déloger, et quand? tout maintenant.

LE DVC.

En ce cas le mal-heur seroit bien surprenant.

STEPHANILLE.

Raba-joye est venu, Monsieur est à la porte,
Et Fabrice auec luy;

EMILIE.

Ha bon Dieu! ie suis morte.

CAMILLE.

Il estoit grand besoin qu'ainsi mal à propos,
Ce messer Pantalon troublast nostre repos.

STEPHANILLE.

Madame, regardez ce que vous voulez faire.

EMILIE.

O Ciel ! iusques à quand me seras-tu contraire?
Ma sœur, que ferons-nous?

FLAVIE.

Quant à mon interest,
Monsieur peut demeurer auec moy s'il luy plaist.
Quand au vostre, il faudra que par la mesme porte,
Que mon frere entrera, Seigneur Camille sorte.

LE DVC.

Non, non, nous sortirons tous deux esgalement,
Apres laissez moy faire, ouurez-luy seulement.
Escoutez?

Il luy parle a l'oreille.

FLAVIE.

Sur ma foy la deffaicte est presente,
Et d'vne inuention extremement plaisante.
Suiuez-moy donc;

LE DVC, à Emilie.

Madame, adieu iusqu'au reuoir.

CAMILLE.

Adieu, preparez-vous à le bien receuoir.

EMILIE.

Dieu! quel mauuais demon ennemy de ma joye,
Rappelle ce barbare, & veut que ie le voye;
Afin qu'en le voyant, ie presente à mes yeux
Tout ce que les enfers ont de plus odieux.
Puis-je m'imaginer que l'amitié l'ameine,
Luy qui n'a rien d'humain que la figure humaine?
Plustost cét assaßin en cruauté fecond,
Vient au meurtre premier adjouster vn second.
Peut-estre que son cœur que la fureur inspire,
Me prepare la mort que le mien luy desire.
Car en fin d'vn jaloux, & d'vn jaloux brutal,
Qu'en peut-on esperer qui ne soit tout fatal?
Contrefaisons-nous donc à son abord funeste,
Du discours, du penser, de la voix, & du geste.

SCENE

ACTE CINQVIESME.

SCENE VII.

PAVLIN. EMILIE. FABRICE. FLAVIE.

PAVLIN.

BOn-soir, bon-soir, Madame.

EMILIE.

Ho! Monsieur, qui sçauoit,
Que le Ciel aujourd'huy tant d'heur me reseruoit?

PAVLIN.

Vous ne m'attendiez pas?

EMILIE.

Vous pouuez bien le croire.
Quoy! venir par la nuict du monde la plus noire?

PAVLIN.

Et tant mieux; c'est pourquoy ie l'ay voulu choisir:
Mais voulez-vous me faire vn extréme plaisir?
Deshabillez-vous viste à vostre garderobe,
Pour mesnager au lict le temps que ie desrobe.

Q

Car dés le poinct du iour il faudra nous quitter.

EMILIE.

Fut-ce dés maintenant, ie m'en vay me haster.

PAVLIN.

Fabrice, nos cheuaux sont-ils à l'escurie?

FABRICE.

Ouy, Monsieur, ils sont bien.

PAVLIN.

Or demain ie vous prie
Que dés le poinct du iour on soit prest à monter
Des mules, cependant venez me débotter.
Non, ma peau de Vautour, & mon bonnet de laine;
Allez dire à ma sœur qu'elle prenne la peine
De monter iusques icy, s'il luy plaist d'y venir;
Qu'auant me mettre au lict ie veux l'entretenir.
Ne bougez, la voici, prenez la bassinoire.

FLAVIE.

Mon frere, sauuez-vous, la nuict n'est pas si noire,
Qu'elle n'ait descouuert à trauers sa noirceur,

Vostre retour en ville :

PAVLIN.

Et comme quoy, ma sœu

FLAVIE.

Ie ne sçay, mais Camille est là bas dans la ruë :

CAMILLE.

Ce vers se dit derriere le Theatre auec grand bruit.

Amis point de pardon, main basse, qu'on le tuë.

PAVLIN.

Ma sœur, c'est faict de moy si ie suis rencontré.

FLAVIE.

Non, non, la porte est bonne, auant qu'il soit entré,
Nous pourrons vous sauuer par dessus la muraille,
Dans le iardin du Duc,

PAVLIN.

Bien donc, que ie m'en ai
Sus viste, mon chapeau; qu'on me donne vn pourpoin
Fabrice mon amy ne m'abandonnez point.

EMILLIE suruenant.

Fabrice, où va Monsieur, esquipé de la sorte?

FABRICE.

Madame, oyez-vous pas qu'on enfonce la porte?
Ce sont nos ennemis, mais ie le suy de pres.

EMILIE.

Camille asseurément fait ce vacarme expres,
Pour desloger le vieux, la deffaicte en est bonne,
Et d'vne inuention digne du Duc d'Ossonne:
Car infailliblement le tour est trop plaisant,
Pour n'estre pas l'effet d'vn esprit si present;
Et c'est ce qu'à l'oreille il leur a voulu dire:
Mais les voicy venir qui s'esclatent de rire.

ACTE CINQVIESME.

SCENE VIII.

CAMILLE. LE DVC. EMILIE. FLAVIE STEPHANILLE.

CAMILLE

Madame, rendez grace à Monsieur auec nous,
Qui nous a deliurez de ce fascheux jalous,
Nous voicy maintenãt les maistres de la place.

LE DVC.

Et si c'est pour long-temps que ma fourbe le chasse.

EMILIE.

Mais cõme grãd Seigneur vous chassez à grãd bruit;

LE DVC.

Nostre chasse autrement estoit de peu de fruit.

CAMILLE.

En effet il falloit faire pœur à sa vie,
Auec plus de semblant qu'on n'en auoit d'enuie;
Pour le faire en aller plus viste que le pas,
Et l'aduertir par là de n'y reuenir pas.

EMILIE.

Vrayment l'inuention n'en estoit pas mauuaise.

LE DVC.

Sus donc, pour nous esbatre, & regner à nostre aise;
Concluons son r'apel le plus tard qu'on pourra.

CAMILLE.

Fort bien, & cependant Monsieur le nourrira.

LE DVC.

Ouy, pourueu que les siens m'en payent la despense.

CAMILLE.

Qui doute que la sœur ne vous en recompense?

EMILIE.

C'est bien dit, car pour moy bien loin de la louër,
C'est que ie ne veux pas seulement l'aduouër.

LE DVC.

Possible que Flauie y sera plus tenuë.

EMILIE.

Vous le sçaurez si tost qu'elle sera venuë.

FLAVIE, arriuant là dessus.

La voicy, dittes-en ce que vous en pensiez.

EMILIE.

C'est que Monsieur disoit auant que vous vinssiez,
Qu'il faut que vous ou moy payons la bonne chere,
Que pour l'amour de nous il fait à vostre frere.

Qu'en dittes-vous, ma sœur?

FLAVIE.

Que i'en dis? qu'il est vray;
Seroit-ce la raison qu'il perdist son deffray?
Non, ma sœur, n'ayez soin que de Mõsieur le Comte,
Ouy, Monsieur, fournissez, ie vous en tiẽdray cõpte.
Faittes-en seulement les auances pour nous,
Aussi-bien autrefois i'en ay faites pour vous.
Faittes-luy bonne chere, & vous verrez sur l'heure,
Que ie vous la rendray plus entiere & meilleure.
Stephanille irons nous?

STEPHANILLE reuenant.

Madame, tout est prest,
Vn bon feu vous attend;

FLAVIE.

Allons donc, s'il vous plaist.

LE DVC.

Ouy, mais pas vn ne dort de tous vos domestiques,
S'ils venoient espier nos secrettes pratiques,
Et troubler nos plaisirs dedans leur pureté.

FLAVIE.

J'ay donné fort bon ordre à nostre seureté :
Comme vefue, mon train est en petit volume,
Et ie traitte mes gens auec cette coustume,
Que n'ayans rien à voir dans mon apartement,
Ils n'y viennent iamais sans mon commandement.

LE DVC.

Allons, & que chacun d'oresnauant s'applique,
A conseruer la paix dans nostre Republique.

FIN.

www.ingramcontent.com/pod-product-compliance
Ingram Content Group UK Ltd.
Pitfield, Milton Keynes, MK11 3LW, UK
UKHW021906260726
13966UKWH00006B/1023

9 782012 897434